Un fantôme
un démon
un sorcier

Trois enquêtes paranormales de Balthazar Landry

Vincent Raymond DUMOULIN

9218-002 Québec Inc

9218-002 Québec Inc.

3385 rue Routhier

Trois-Rivières, Québec G8Y 5Y1

http://www.vrdumoulin.com

Mise-en-page ©2013 BookDesignTemplates.com

Couverture : J.-F. Bouchard

Photographie : Fotolia.com License XL ID #35064052 ©BortN66

Un fantôme, un démon, un sorcier/Vincent Raymond Dumoulin.

ISBN 978-0-9920562-4-7

Sommaire

À Mélodie, pour toujours

« Être humaniste signifie d'essayer d'agir
décemment sans s'attendre à des récompenses
ou des punitions après sa mort.»

–Kurt VONNEGUT

1   LE SEAU ET LE PUITS

Un téléviseur silencieux tentait d'apporter images et couleurs à la chambre sombre et quelques peu négligée, malgré les pertes de signal qui venaient assombrir ou paralyser l'écran. Une boîte recouverte de papier d'aluminium lui tenait lieu d'antenne. Son valeureux combat était futile.

Je terminais ma bouteille de bière d'une seule traite et la posa sur la table parmi les autres. Me levant en chancelant légèrement, je ramassais les bouteilles, une entre chaque jointure des deux mains et me dirigeais vers le garde-robe.

«Je n'arrête jamais de me promener. Il faudrait que je commence à acheter des grosses bouteilles... ou des

barils, tiens!» marmonnais-je en me moquant doucement de mon propre sort.

Dans le garde-robe, la caisse d'où provenaient ces bouteilles était au dessus d'une véritable colonne de ses
semblables, qui me dépassait d'une tête. Je replaçais
les bouteilles vides dans cette caisse à bout de bras.
L'une d'entre elles laissa échapper un mince filet de
bière chaude sur mon visage. Surpris, j'échappais la
dernière bouteille qui rebondit sur le linoléum usé du
plancher. Le fracas fut immédiatement suivi d'une dizaine de coups de manche à balais de la part de la
vieille femme de l'étage inférieur.

«Vieille charrue..»

Je me lavais le visage au petit lavabo qui était au pied
du lit. Dans le miroir, je reconnus un mouvement familier dans la pièce derrière moi : une forme humaine
presque transparente, une femme.

«Bonsoir, Madame.» dis-je, et l'observais un moment
en me séchant le visage. Le spectre de la femme était
vêtu d'une robe simple qui datait des années vingt. Je
la voyais de dos comme d'habitude. Elle tournait la
manivelle d'un antique tourne-disque à cornet. J'entendis très faiblement débuter une mélodie enjouée, un
'Ragtime', qui semblait sortir d'une boîte de conserves.
'Hello ma baby, hello ma honey, hello ma ragtime
gal...'

Je me détournais du miroir pour aller me chercher une
bière fraîche dans le mini-réfrigérateur sous le petit
réchaud à deux éléments, en fredonnant cet air d'un
autre temps. J'en étais déjà arrivé à la conclusion que
cette femme avait probablement été la première occu-

pante de l'appartement à une certaine époque, au temps où il n'avait pas encore été subdivisé en chambres à louer. Un fait était acquis : elle était morte. Les vivants peuvent parfois laisser une empreinte, une 'atmosphère' en des endroits où ils ont vécu un événement très traumatisant, mais ne laissent jamais d'image psychique derrière eux. Ça, c'est le domaine sélect des trépassés.

Mais pourquoi apparaissait-elle toujours avec le dos tourné? Coquetterie? Se trouvait-elle laide? Était-ce une façon de signifier qu'elle avait été défigurée avant, ou bien au moment de son décès?

Les murs de ma chambre étaient dénués d'ornements mis à part trois photos sur le mur du fond. C'était peut-être là les seules qui furent jamais prises de moi. La première me montrait dans la jeune vingtaine portant un col romain, et l'autre un peu plus âgé en uniforme de policier. Sur la troisième photo, on me voyait sur une petite colline gazonnée devant un luxueux bungalow situé au bord d'une rivière. L'image fantomatique d'une ancienne maison à trois étages émergeait du centre du bungalow. C'était là un des rares exemples d'authentique photo spirite qu'il m'eut été donné de contempler. En prime, j'en faisais partie...

Je m'installais derrière mon bureau devant la fenêtre, posant mon sac en cuir à fermeture-éclair sur le buvard usé et couvert des cercles de condensation laissés par une longue succession de fonds de bouteilles de bière. Un dragon de néon rouge s'allumait et s'éteignait dehors, devant la fenêtre.

D'un tiroir, je sortis une étole, un flacon d'eau bénite, une très ancienne bible et un crucifix. De la surface inférieure du bureau, j'arrachais à son ruban gommé un sac de plastique contenant un petit pistolet semi-automatique Smith & Wesson de calibre .22 LR, dont je vérifiais le fonctionnement. J'insérais le pistolet sous la surface rigide qui renforçait le fond du sac de cuir. Le reste fut posé par dessus ce support de renforcement.

Mon nom est Balthazar Landry. J'ai été prêtre, et ensuite policier. Mon talent particulier avait fait de moi un raté dans ces deux cas, mais un succès lorsque j'alliais l'expérience acquise dans ces deux carrières pour en entreprendre une troisième : celle d'investigateur de phénomènes para-psychologiques.

J'étais particulièrement réceptif aujourd'hui, car toute cette bière n'était même pas parvenue à estomper mon talent de 'vision'. Il m'en faudrait probablement trois ou quatre autres pour me permettre d'attraper quelques heures de sommeil. Je portais sur mes épaules le double fardeau d'être à la fois clairvoyant et insomniaque; dormir était toujours un luxe.

Je devais me réveiller frais et dispos, car j'allais travailler le lendemain...

Presque frais et dispos, je descendis de l'autobus devant l'édifice où j'avais rendez-vous. Un colosse de l'immobilier, la firme occupait l'immeuble ultra-moderne de dix étages en entier.

J'étais trente cinq minutes à l'avance. Je me faisais toujours un point d'honneur d'arriver exactement à l'heure, et détestais les salles d'attente de toutes façons. Un tour d'horizon sur le trottoir bondé de travailleurs de bureau rentrant au boulot avec des visages crispés comme des poings, et je trouvais ce que je cherchais.

'Restaurant Gino G's - Bar & Grill - Déjeuners'

Négociant mon passage entre les autos presque immobiles sur le boulevard, j'entrais dans le restaurant, et m'installais au comptoir.

«Bonjour. Vous servez encore le petit déjeuner?» demandais-je au serveur.

«Oui, Monsieur. Jusqu'à dix heures.»

«Merveilleux! Apportez-moi deux bières, s'il vous plaît.»

Je sirotais mon déjeuner en pensant à n'importe quoi sauf à ce contrat qui m'attendait. Je devais être réceptif dans une certaine mesure, et pour cela n'avoir aucune espèce d'idée préconçue. Le 'Salon des Mondes Occultes' allait avoir lieu dans un peu plus d'un mois. Il était important de me rappeler de leur faire parvenir un chèque et quelques affiches. C'était là ma seule publicité, et pourtant elle me rapportait des contrats à l'année longue. Personnellement, je n'y allais jamais. Tout ce tralala me donnait l'impression de voir des poules de plâtre picorer des graines en plastique. Ces gens sont bizarres et inquiétants... déprimants même.

À cinq minutes de l'heure fixée pour mon rendez-vous, j'attendais au comptoir de réception de la firme, et posais sur ma langue une sorte d'hostie rectangulaire bleu translucide qui promettait sur l'emballage une haleine fraîche instantanée.

Ouch! C'est violent, ces machins!

«Oui, Monsieur?» fit le gardien de sécurité d'un air soupçonneux que je parvenais à peine à voir à travers les larmes qui venaient d'envahir ma vision. J'avalais tant bien que mal ma salive 'fraîche'.

«Bonjour. Je me nomme Balthazar Landry. Et j'ai rendez-vous avec M Réginald Cartier.»

Le gardien adressa un signe à un autre qui m'escorta au fond du spacieux hall d'entrée, passant outre la série d'ascenseurs achalandés, et ouvrit une porte anonyme à l'aide d'une carte à puce. Je le suivis en traversant une grande salle d'attente déserte dont le mobilier à lui seul aurait pu représenter un bon dépôt envers l'achat d'une maison. Nous prenions place dans un ascenseur privé et le gardien appuya sur l'unique bouton du tableau.

L'étage réservé à la haute direction de Cartier et Drouin Immobilier était décoré d'un fastueux mélange du style Art Nouveau avec plusieurs touches fonctionnelles Art Déco. Le boîtier de l'écran, et même le clavier de l'ordinateur de la réceptionniste donnaient l'impression d'avoir été fabriqués de bois noir laqué, ornés de sobres fioritures angulaires de métal doré. Par contre, la secrétaire qui m'escorta sur le spongieux tapis des corridors était vêtue comme un croque-mort.

Réginald Cartier était un grand vieillard tout droit et tout maigre. Il portait une moustache blanche de style 'R.A.F.' qui semblait clamer 'Vieille Fortune Familiale'. Selon mon expérience, ce genre d'affectation signifiait généralement que ce n'était pas le cas. Sa poignée de main était ferme et pleine de regrets et d'appréhension. C'était peut-être là le prix à payer pour un tel succès. Après les salutations d'usage, nous prîmes place de part et d'autre de son large bureau dont la surface, détail intéressant, était vide sauf pour un téléphone.

«Vous savez déjà pourquoi vous êtes ici, je vais donc vous donner quelques détails supplémentaires.» commença-t-il de but en blanc.

«En fait, tout ce que je sais, c'est que je dois 'lire' une maison. C'est tout ce que ma secrétaire ou quiconque doit me dire, à ce stade-ci.»

«Vous voulez dire que c'est tout ce que vous pouvez faire, 'lire' des maisons?» Une pointe de malveillance dans son ton? De l'acier dans son regard, certes, mais plutôt de la frustration accumulée que de la malveillance.

«Oh, non. Pas du tout. Mais je me dois d'approcher le terrain sans aucune idée préconçue qui pourrait teinter ma perception. Je ne dois rien savoir d'autre. Mon travail, quel qu'il soit, débutera une fois la lecture faite.»

Le vieil homme leva les mains et les laissa retomber sur la surface de son bureau.

«Mais pourquoi donc êtes-vous ici, alors? Allez... 'lire' la maison et vous reviendrez lorsque vous aurez fini!»

«Excusez-moi, mais vous ne m'avez pas donné l'adresse de cette maison. Et les clés. On m'a informé qu'elle était inhabitée.» Ça ou autre chose. N'importe quelle excuse était bonne pour serrer la pince à mes clients avant de m'engager plus loin, question de voir s'il était possible de glaner quelque impression à leur contact, d'avoir un peu la mesure des personnages. Au cas où les clients s'attendent à ce que j'aille faire la lecture sans les rencontrer, ma secrétaire avait pour mission 'd'oublier' de demander au moins un détail, me permettant ainsi d'aller les voir. Il en manquait deux dans le cas présent : l'adresse et la clé. Un curieux oubli pour un chef d'entreprise immobilière, ce qui me donnait à penser qu'il ne se considérait plus comme tel, plus dans le coup.

«Ah! Évidemment.» Il produisit une feuille de papier d'un tiroir et griffonna l'adresse, puis me la tendit avec un trousseau de quatre clés. Deux très vieilles clés et deux clés modernes à haute sécurité..

«Ce n'est pas loin de...»

«Shhh! S'il vous plaît.» fis-je doucement, levant une main pour l'arrêter. Je pliai la note sans la regarder et la glissa dans ma poche avec le trousseau.

Il se leva et me serra à nouveau la main, sur le point de dire quelque chose, puis se ravisa.

«Au revoir, monsieur. Je reviendrai vous voir une fois la lecture terminée.» dis-je.

«C'est ça. Au revoir...» Son visage se teintait de rose. C'était un homme jadis habitué à donner des ordres, et il se trouvait en porte à faux avec ma méthode de travail. J'avais définitivement l'impression qu'il n'avait pas donné d'ordres depuis quelques temps...

Arrivé le vestibule de Gino G's, j'alimentais le téléphone public et composais le numéro de Vitex Taxi.

«Ici Balthazar Landry. Est-ce que Gaspard Ferron est disponible?»

La répartitrice m'informa qu'il ne serait libre que dans quarante-cinq minutes, plus ou moins. Gaspard doit être à l'autre bout de la ville. Trois quart d'heure à perdre. Que faire?

Gaspard pénétra dans le vestibule de Gino G's alors que je travaillais sur ma troisième bière. Je réglai l'addition et pris place à côté de lui dans son taxi en lui

passant l'adresse que mon client m'avait donné.
Comme à l'habitude, je ne l'avais pas regardée.

«Va falloir que j'aille gazer, boss.» fut son seul
commentaire. C'était le signal que la maison était lointaine.

Une fois le réservoir rempli, Gaspard détacha l'enseigne de taxi du toit et revint du coffre avec un
grande couverte qu'il déplia sur la banquette arrière.
J'allais m'y étendre, posant sur mes yeux un bandeau
pare-lumière, et m'enroulais dans la couverte avec mon
sac de cuir sur la poitrine. Il m'est arrivé, après plusieurs nuits d'insomnie, d'engager les services de Gaspard pour m'amener dans une longue randonnée en
auto, simplement pour pouvoir dormir un peu.

Je m'endormis instantanément.

«Boss? Boss, on est arrivé.»

Je retirais le bandeau et ouvris les yeux. Un moment d'éblouissement, puis j'émergeais du taxi. Sans
un mot, Gaspard me tendit le cellulaire dont il avait la
charge et pointa la maison en question, geste plutôt
futile car nous nous trouvions au bord d'une petite
route en pleine campagne, et que celle-ci était la seule
en vue. C'était une maison de ferme rustique inoccupée, mais en parfait état. Quelques ajouts à la structure datant probablement du premier quart du
vingtième siècle témoignaient d'une certaine prospérité
à cette époque. Prospérité moderne aussi : une large

boucle d'accès demi-circulaire impeccablement asphaltée et le terrain entretenu avec soin en rendaient compte. Une enseigne disait : 'À vendre - Cartier et Drouin Immobilier'. Pas de boîte aux lettres...

De plus près, on percevait qu'elle était plus grande qu'elle ne paraissait à partir de la route, les ajouts de part et d'autre de la maison d'origine s'étendant plus loin à l'arrière pour former une structure en 'U' dans le creux de laquelle se nichait une aire extérieure dallée avec piscine creusée, vide, donnant une vue sur de belles collines vers le sud. Le grand luxe. J'arpentais tranquillement le terrain de long en large, un flâneur dans un décor pastoral. À droite de la maison se trouvait une grange en haut d'une légère pente, vers laquelle je me dirigeais. Les grandes portes étaient fermées, interdites à l'aide d'une lourde chaîne reliée par un ancien et massif cadenas. Aucune trace de vert-de-gris ou de rouille. L'une de mes vieilles clés s'ajustait au cadenas et j'ouvris tout grands les deux battants sans le moindre grincement de la part des gonds. Je fus immédiatement frappé par une odeur... d'alcool. Je refermais à la hâte les portes et appelais Gaspard au cellulaire.

«Peux-tu venir derrière la maison s'il te plaît? J'ai besoin de ton nez.»

Gaspard vint me rejoindre de son pas boitillant et je lui demandais d'aller faire un tour dans la grange en portant particulièrement attention aux odeurs de l'endroit. Il produisit sa lampe de poche et ressortit de la grange trois ou quatre minutes plus tard. Gaspard était très méticuleux.

Les yeux aux cieux en énumérant chaque point sur ses doigts, il me fit son rapport.

«Un faible restant d'odeur de crottin d'animaux, et un peu de celle de la poussière, aussi. Ça sent un peu l'huile près du tracteur. Par dessus tout, ça sent le renfermé et le vieux, vieux foin. C'est tout.»

«Merci beaucoup, Gaspard.», et il s'en retourna à son taxi. À n'importe qui d'autre, j'aurais peut-être demandé: 'Rien d'autre?', mais pas à Gaspard. Ancien policier à la retraite, Gaspard s'était acheté un taxi pour se désennuyer et retourner dans son élément, et aussi parce qu'il avait de lourdes charges sur le dos. Malgré son handicap, il était très vigoureux pour un homme de soixante-sept ans, et paraissait au moins quinze ans plus jeune. Mais une blessure au bas du dos lors d'une poursuite à pied lui avait progressivement donné, sur ses vieux jours, cette démarche inclinée en avant et quelques peu incertaine, ce qui fit qu'il passa les cinq dernières années de son service prisonnier derrière un bureau.

«Auto patrouille ou taxi, ma place est dans la rue. En plus de ça, chauffeur de taxi, c'était la première job que j'ai jamais eue» m'avait-il déjà confié. Personne n'est aussi terre-à-terre que Gaspard. Il est ma contre-partie idéale. Il est aussi le seul chauffeur de taxi qui porte le képi gris, assorti à son blazer, képi que tous les chauffeurs de taxi portaient à une certaine époque.

J'ouvris à nouveau les portes et fis un tour d'inspection. L'odeur d'alcool avait totalement disparue. La grange était restée inutilisée depuis longtemps, mais tout y était en ordre. Il y avait une panoplie d'outils de ferme tout neufs accrochés en rang au mur. Même le tracteur, un antique Massey Ferguson, était astiqué. Un musée, quoi...

Refermant le cadenas sur les portes, je me dirigeais ensuite vers la maison lorsqu'une horrible sensation m'envahit, me stoppant net sur la tourbe fraîchement coupée, figé sur place. Quelques pas en avant et c'était parti. Quelques pas en arrière et c'était revenu, mais beaucoup moins intensément sans l'effet de surprise. Après avoir consulté ma montre, je fermai les yeux, ouvris tout grand mon cœur et mon esprit, et me laissais emporter à imbiber ces sensations résiduelles.

Un cocktail d'émotions.

Une personne avait connu une mort violente ici et une autre l'avait pleurée à s'en arracher les tripes. Mais sous terre, directement sous mes pieds. J'ouvris les yeux. Le soleil n'avait pas changé de place. Je vérifiai l'heure sur ma montre et appelai Gaspard.

«Gaspard. Trois minutes, s'il te plaît.»

V. R. DUMOULIN

«Trois minutes. Noté.»

On pouvait voir comme une dépression circulaire d'environ trois mètres de large dans l'herbe. Je retournais à la grange-musée où j'avais vu une pelle accrochée au mur.   Elle n'avait jamais été utilisée.

Découpant avec soin un carré dans la tourbe de deux fois la largeur de la pelle, je creusais un peu pour trouver une surface de ciment qui s'égrenait un peu - du vieux ciment. Après avoir remblayé, je replaçais avec soin le carré de tourbe et retournais la pelle dans la grange.

La deuxième clé, une des clés modernes, donnait accès à la porte arrière. Initialement, si possible, j'entre toujours par la porte arrière.

Une cuisine. Presque tout y était rustique et authentique, un méli-mélo d'objets et de meubles couvrant plusieurs époques. De la baratte à beurre à la planche à laver jusqu'au vénérable et rondelet réfrigérateur de marque Frigidaire surmonté de sa couronne-radiateur. Il ne contenait rien qui aurait pu se perdre, aucune viande, aucun fruit ou légume. Du jus, deux boîtes de lait condensé, et six cannettes de bière Heineken que je remplaçai par deux billets de dix dollars, chantant tout bas une vieille chanson:

Tant qui m'restera quequ'chose dans l'frigidaire

J'prendrai l'métro, j'fermerai ma gueule pis j'laisserai faire...

J'ouvris la première Heineken, emportant les autres avec mon sac par leur languette de plastique. La cuisinière à bois, qui avait été à un certain moment convertie pour fonctionner à l'huile, était magnifique. Rien dans les armoires à part ce qu'on peut s'attendre à trouver dans n'importe quel chalet. Une porte donnait directement sur l'annexe de droite. Une grande salle de jeu, une pièce de rangement.

Rien ici.

De retour dans la cuisine un réduit, ce que les grand-mères appelaient un 'cocron', contenait des victuailles en conserves.

Trois portes dans un petit corridor menant au salon. L'une cachait un simple espace de rangement. L'autre abritait un chauffe-eau moderne à grande capacité et de la tuyauterie menant probablement à un spa maison, et derrière la dernière, une salle de bain-douche. Ces petites pièces étaient fonctionnelles et modernes. Derrière les décors, pour ainsi dire.

Le salon retenait son motif vieillot malgré le cinéma-maison et le système de son. Rien ici. À l'aide de la dernière clé, j'ouvris la porte avant avec l'intention d'échanger un petit signe de salutation avec Gaspard. Une luxueuse Jaguar était apparue dans la boucle d'accès. Gaspard y était penché à la fenêtre du conducteur et pointait son képi. Puis le chauffeur se pencha en avant et tourna la tête dans ma direction.

Cheveux noirs courts, cravate-veston, visage carré et mine hostile. Et cette mine ne me revenait pas. Puis la Jaguar se mit en branle avec un petit crissement de pneus et s'en fut. Gaspard porta ses mains en porte-voix autour de sa bouche.

«Il voulait savoir ce que je faisais là. Je lui ai dit que je n'était que le chauffeur de taxi, mais que j'ai cru comprendre que mon passager voulait acheter la propriété.» m'informa mon ami le colosse de sa voix basso profundo.

Je lui fit un signe avec mon pouce en l'air et je refermais la porte.

Une arche dans le salon laissait entrevoir l'autre annexe. Chambres à coucher, modernes celles-là, un joli boudoir, et une salle contenant un énorme bain, un sauna et un bain tourbillon.

À partir du salon un escalier sans prétention recouvert de tapis menait au deuxième.

L'étage était aménagé en trois chambres à coucher et une salle de bain qui retenaient le thème décoratif original du premier. La chambre du centre ne révéla rien. C'est dans l'embrasure de celle d'en avant que je sentis quelque chose. Je m'immobilisais, avalais une lampée de Heineken, et me penchais en avant. Il y avait déjà eu un lit dans un coin maintenant inoccupé de cette chambre. Je le voyais en filigrane. Je fermai les yeux.

UN FANTÔME, UN DÉMON, UN SORCIER

Un vieil homme décharné gisait dans le lit. Une femme âgée était assise dans une chaise à son chevet et chuchotait un avé sur son chapelet, sans s'être rendue compte que l'homme venait de trépasser à l'instant même. Mais moi je le savais. Rien qu'une simple mort empreinte de tranquillité, au tournant d'un siècle passé, une vie parvenue à son terme, et c'est tout. Je me détournais, les laissant à leur intimité, alors qu'elle esquissait le geste de lui prendre la main.

Je vérifiai l'heure. Une autre gorgée de bière.

Dans le coin rapproché de la fenêtre, sans même avoir à fermer les yeux, je retrouvais la même femme dans un petit lit simple, nettement plus âgée. Elle mourait seule, son compagnon de vie disparu depuis déjà longtemps.

«Bien. Vous serez maintenant réunis.» fis-je à mi-voix. Je vérifiai l'heure à nouveau.

Lorsque je ferme les yeux, c'est une vision immersive. Il arrive qu'une vision immersive semblant ne durer que quelques secondes se prolonge beaucoup plus longtemps, voire même des heures. Pour garder les deux pieds fermement ancrés sur terre, j'établis comme limite une durée de vingt minutes par jour. Après avoir cumulé au moins cinq minutes de vision immersive, j'avertis Gaspard de laisser sonner le cellulaire aux cinq minutes. Lorsque je frôle les vingt minutes, je remets la suite de la lecture au lendemain. Les morts savent attendre...

Ça s'appelle une vision immersive. Je hais le mot 'transe' avec une passion sans bornes. Si vous voulez l'utiliser, allez au 'Salon des Mondes Occultes'.

Pour l'instant, je n'avais que quatre minutes accumulées au deuxième étage, neuf minutes au total.

La chambre du fond recelait aussi sa propre histoire.

Une petite fille que la fièvre emportait, entourée de membres de sa famille et d'un médecin barbu, facilement identifiable au classique sac noir sur ses genoux.

Chaque vieille maison a vu mourir sa part d'occupants. Rien de spécial ici; quelques morts ordinaires qui font partie de la grande roue...

Et c'était tout. Environs cinq minutes en tout. J'en fit part à Gaspard.

Je quittais cette dernière pièce pour aller jeter un coup d'oeil par une fenêtre du fond du corridor qui donnait sur les collines lorsqu'une forme humaine passa directement devant moi, surgissant d'un mur pour passer à travers l'autre, accompagnée d'un bruit de ferraille impactant un objet solide.

Je m'entendis lâcher un *'Yaaah!'* de surprise en sursautant en l'arrière. Puis, provenant de nulle part, je reçus une gifle en plein visage. Je faillis en échapper ma canette de bière. Je la terminais en une gorgée, en ouvrit prestement une autre et avala une profonde lampée de celle-ci.

Plus rien. La manifestation était terminée. Je fis un rapide retour en arrière. Rien n'avait changé dans les chambres à coucher, et la salle de bain était vide. Je retenais l'impression que l'apparition portait un vêtement ample, bleu pâle, et aussi d'avoir vu passer quelque chose de métallique.

Revenu au premier, j'entrais dans la cuisine lorsqu'elle réapparut de la même façon, parcourant le même endroit dans le même sens. Mais la cuisine était plus large que le petit passage d'en haut et je pouvais maintenant voir toute la séquence de l'apparition.

C'était une grande femme plutôt corpulente qui traversait en courant toute la pièce de gauche à droite dans une longue robe de nuit bleu pâle, longeant tout le mur sud de la maison. Elle courait en titubant et en battant des bras, l'image même de la panique totale. Sa tête était couverte par un seau en métal. Au milieu de la pièce, le seau sembla heurter un objet invisible produisant un bruit métallique et tout son corps tressaillit sous le choc, mais son momentum lui fit poursuivre sa course jusqu'à ce qu'elle alla s'étendre de tout son long dans le coin de la cuisine, produisant un autre bruit métallique lorsque sa tête frappa le sol. Puis elle disparut aussi brusquement qu'elle était apparue. Fasciné, j'avais oublié la gifle, que je reçus à nouveau.

Merde! Nul doute maintenant qu'elle faisait partie de la séquence.

Vider ma canette de bière faisait aussi partie de la séquence. Ce que je fis, et ouvris la troisième. La joue droite commençait à me chauffer.

Fidèle à ma méthode j'inspectais l'étage à nouveau, et rien n'avait changé. Je sortis ensuite par là où j'étais entré, en m'assurant que la porte était bien verrouillée.

Je déambulai lentement vers le taxi pour aller m'appuyer contre l'aile avant à côté de Gaspard. Je lui refilai une Heineken et en ouvrit une autre.

«Hé! Elle est bonne en canette! En bouteille, elle sent la mouffette, des fois.» dit Gaspard.

«Oui. C'est à cause que la bouteille est verte et laisse passer trop de lumière, à ce qu'on m'a dit.» Quelque part, un oiseau chanta une petite séquence mélodieuse. Je pointais au sud. «Dis-moi mon vieux, maintenant que la lecture est finie, qu'est-ce qu'il y a là-bas derrière la maison et les collines?»

«Heu, rien, je crois. De la forêt, et ensuite la frontière américaine, à peu près à six ou sept milles.»

«Hmm-mm...» Je sortis mon calepin pour y noter une brève description de l'endroit et un sommaire de ma lecture des lieux.

«Bon. On s'en retourne en ville, Gaspard. Plus rien à faire ici pour l'instant.» fis-je, terminant ma cannette en conclusion, et lui rendis le cellulaire.

Le soir même, installé à mon bureau dans ma chambre, je sirotais une bière en tapant sur mon portable le début d'un rapport officiel détaillé pour mon client à partir de mes notes. Il ne verrait ce rapport qu'une fois complété et l'affaire terminée.

Un détail m'énervait grandement. Le choc à la tête de la femme spectrale alors qu'elle arrivait au milieu de la cuisine. Ça, c'était un message. Mais que signifiait-il?

On cogna à la porte. C'était le garçon de l'épicerie avec une caisse de vingt-quatre bouteilles. Je réglais la facture en lui donnant un billet de dix dollars supplémentaire. J'ouvris ensuite la porte du garde-robe en lui faisant un crochet de mon index. Il vint me rejoindre, hésitant. Je pointais la 'colonne' de caisses qui menaçait d'en devenir vraiment une, à cause de sa grandissante proximité du plafond.

«Tout ça, c'est à toi, si tu m'en débarrasses.» Le garçon reluqua les caisses empilées.

«Y'en a au moins pour vingt...» il jeta un coup d'oeil derrière la colonne «... une cinquantaine de piasses!» Il semblait abasourdi d'un tel élan de générosité de la part d'un inconnu qui n'était probablement à ses yeux qu'un alcoolique qui ne pouvait rien se payer de mieux qu'une petite chambre de location. «Je vais être obligé de faire trois voyages au moins.»

«C'est bon. Emmène-les, veux-tu? Ou bien je vais être forcé de commencer à leur charger un loyer.»

«Pourriez-vous maintenant me dire ce que vous savez, non ce que vous en pensez. Concentrez-vous sur les faits. Cette maison de ferme est un héritage familial, n'est-ce pas?»

M Cartier semblait s'être résigné, depuis hier, à son sort de passager à bord de mon investigation. Il se cala dans son fauteuil de chef d'entreprise, les doigts en pyramide.

«C'est la maison que mon grand-père a bâtie à la fin des années dix-huit cents. Elle a ensuite été habitée par ma mère qui était sa fille, et mon père. Mon père était un beauceron qui est revenu des mines de charbon de Pennsylvanie avec juste assez d'argent pour penser à se marier. Moi et ma chère femme, qui est morte du cancer, avions décidé de la rénover et de la garder dans la famille. Une sorte de retraite champêtre pas trop loin de la ville, si vous voulez. Une heure de route, ça se prend bien.» Il ouvrit les mains dans un geste de futilité.

«Puis ma femme est décédée, et ensuite Sabrina, ma fille, et je n'y suis pas retourné pour une année ou deux. L'an passé, j'ai fait mettre la grange en ordre dans le but d'éviter de polluer le paysage avec un autre de ces détestables abris Tempos. J'avais pensé m'y établir le reste de ma vie. Mais je n'y vais presque plus depuis un certain temps. Trop de souvenirs. Et il y a cette nuisance.»

«Quand est décédée votre fille?»

«Il y a quatre ans. Nous venions de fêter son deuxième anniversaire de mariage.»

«Circonstances?»

«Ils sont partis à deux en vacances sur leur bateau de plaisance, elle et son Drouin. Leur 'deuxième lune de miel'. Elle s'est éloignée du yacht pour nager un peu dans le fleuve, près d'Anticosti. Elle adorait nager. Elle s'est noyée. On ne l'a jamais retrouvée.» M Cartier soupira et repris son récit.

«Drouin, mon partenaire en affaires qui était le mari de ma fille, m'a convaincu de mettre la maison en vente. À quoi bon un héritage sans héritier? Mon gendre avait raison, en fin de compte.» Il baissa la tête dans ce geste de contemplation du passé qu'ont quelquefois les gens âgés.

«Quels sont les phénomènes, ces 'nuisances' dont vous auriez été personnellement témoin, qui font que vous vous soyez prémuni de mes services? Nous pouvons en parler maintenant, car la lecture est terminée.» Il s'anima quelque peu, fit une moue d'intense perplexité.

«Personne d'autre n'y vas, je suis donc le seul témoin. Des bruits. Le jour, la nuit, pas de différence. Toujours les mêmes. Comme si quelqu'un avait lancé un pot de chambre en métal sur le plancher, toujours dans le fond de la maison du côté de la grange. Au premier si je suis au premier, au deuxième si je suis là. Ça me suit. Quatre, cinq fois par jour.» Il leva un regard soudain chargé d'appréhension.

«Je ne suis pas fou, non?»

Bon. Il était à moi! Il faut frapper lorsque le fer est chaud...

«Votre père passait de l'alcool aux États-Unis pendant la prohibition. Et vous avez sagement investi l'argent accumulé, votre héritage, dans l'immobilier. De là votre fortune.» Ce n'était pas une question.

Il se leva d'un bond, fit volte-face pour aller se planter devant la fenêtre, dos à moi. Derrière la fenêtre teintée or, de lourds nuages gris marchaient vers l'horizon.

Il se retourna brièvement pour m'adresser un regard courroucé, puis retourna à sa contemplation des nuages. Après un moment, il prit la parole d'un ton monotone.

«Personne ne savait ça. Pas ma femme, pas ma fille, personne. Vous êtes fort, vous savez.» Ce n'était pas une question non plus.

«Je sais...» Pour certaines personnes, l'humilité est perçue comme un signe de faiblesse. Mais je ne lui laissais surtout pas la chance de reprendre son souffle, ou de m'accuser de tentative de chantage.

«Ce puits qu'il y a déjà eu dans l'arrière-cour et qui est maintenant recouvert d'une dalle de ciment. Quelqu'un y a connu une fin tragique. Qui était-ce?»

«Vous avez été au village?» Une question mi-figue, mi-raisin.

«Quel village?» répondis-je le plus honnêtement du monde. J'avais dormi aller et retour.

«Très bien.» Il reprit place derrière son bureau.

«Ma mère. C'était une femme extraordinaire. Elle était d'une bonté sans bornes, mais aussi très ferme. Elle aurait tout fait pour n'importe qui, mais personne n'osait euh... - pousser l'enveloppe si c'est bien ça la nouvelle expression - faire le fin-finaud, avec elle. Et c'était bien comme ça. Ça m'a mis du fer dans la colonne!» Il eut un tendre sourire rempli d'amour filial. «Mais elle avait tendance à avoir des accidents. Une fois, elle s'est entaillée la main jusqu'à l'os en coupant un navet. Elle a failli se crever un œil avec le manche d'un porte-poussière. Une autre fois, et j'en passes, elle est tombée et s'est cassée une jambe en lavant une fenêtre.» Il se pencha en avant comme s'il me faisait une confidence. «Une fenêtre du rez-de-chaussée! Tout le monde retenait son souffle lorsqu'elle descendait l'escalier.» Son sourire tourna à l'amertume. «Un matin, elle allait chercher de l'eau au puits. Elle est tombée dedans et s'est cassé le cou. »

Il écarta les mains dans un geste de finalité.

«Quelqu'un est descendu dans le puits la retrouver. Était-ce vous?»

«Non, j'étais déjà parti à l'école au village. C'était mon père.» Il se leva et fourra ses mains dans ses poches.

«Il l'a vue tomber. En fait, elle s'était prise dans la corde en tombant et ce qu'il a vu et entendu, c'est la manivelle du puits tourner rapidement. Il est descendu par la corde et l'a trouvée morte au fond. Il l'a remontée. En revenant de l'école en fin d'après-midi, je l'ai trouvé agenouillé à côté du puits où il avait déposé son corps. Il pleurait sans faire de bruit. Mon père n'avait plus de larmes.»

J'acquiesçais, l'encourageant à continuer.

«Malgré mon jeune âge, j'ai accompagné mon père et la dépouille de ma mère à la morgue. Plus tard, en revenant à la maison, nous avons été au salon et il m'a tout raconté. Puis il n'a plus jamais reparlé à personne de ce drame, ou même de ma mère. Il n'a plus tellement reparlé du reste de ses jours, à vrai dire...»

Il retourna à la fenêtre. «Tante Mathilde, sa sœur, est venue vivre avec nous, et mon père a continué à travailler la terre jusqu'à sa mort. Je crois que c'est lors de l'accident qu'il a arrêté de faire de la contrebande. Comme si la mort de ma mère avait été un châtiment pour son péché. Un... un homme et son péché...»

«Je m'excuse à l'avance si cette question pourrait vous paraître saugrenue, mais votre père vous a-t-il dit si votre mère avait le seau du puits sur la tête lorsque votre père l'a trouvée?»

Il se retourna, fit un pas vers sa chaise et dût se retenir après le dossier. Je fis mine de me lever, mais il brandit une main pour m'arrêter. Il se laissa tomber sur son siège. Son visage était devenu très pâle.

Il y a des moments où je déteste mon travail.

«Je suis désolé. Peut-être aimeriez-vous mieux...»

Il leva cette main qui tremblait légèrement à nouveau, et prit quelques secondes pour se composer.

J'ouvris mon sac et lui offrit une canette de Heineken. Elle était encore froide. Mon sac a une doublure thermos.

Nous bûmes quelques gorgées en silence. Puis il reprit.

«Exactement, oui. C'est ce que mon père m'a dit. J'en ai longtemps eu des cauchemars. C'est... c'est un détail grotesque. Mais j'étais là lorsque le constable est venu prendre sa déposition, et il n'a jamais mentionné le seau... il ne lui a jamais mentionné le seau.»

«Elle était grande, assez corpulente, et portait une robe de chambre bleue lors de l'accident?»

«C'est ça, oui.» Il semblait être devenu apathique. Je pris le risque de continuer.

«La chambre de vos grands-parents était en avant de la maison, n'est-ce pas. Du côté nord est?»

«Oui.»

«Qui était la petite fille qui est morte de fièvre dans la chambre arrière?» J'étais heureux de constater qu'un peu de couleur lui revenait au visage.

«Jeanne, elle aurait été ma grande sœur. Elle est morte de la grippe espagnole. À la maison, les aspirines furent proscrites à partir de ce jour car mes parents, et beaucoup d'autres gens à l'époque, croyaient que l'épidémie de grippe espagnole venait des aspirines, qui auraient supposément été empoisonnées par les Allemands. Mais je ne l'ai pas connue, Jeanne. Je suis venu sur le tard, vous voyez.» M Cartier semblait rapidement reprendre un peu du poil de la bête. C'était vrai que sa mère lui avait mis du fer dans la colonne.

Nous drainâmes ensemble le reste de nos bières. Il regarda la canette vide dans sa main avec un certain étonnement.

«C'est drôle, mais je n'ai jamais aimé la bière avant.»

«J'ai cet effet sur les gens.»

M Cartier bredouilla quelque chose d'inaudible.

«Pardon?»

«Oh. J'ai dit : 'Michel a du goût'. C'est la marque que préfère mon gendre.»

Clic!

«J'aimerais rencontrer votre gendre, ce Monsieur Drouin. En fait, une simple poignée de main suffirait.»

«Une simple...? Oh! Je vois.» Il acquiesça lentement, le regard lointain. «Dire que toute ma vie, je n'ai pas cru à toutes ces balivernes. Je veux dire que j'ai cru que c'étaient toutes des balivernes. Enfin...»

Je le tirai de l'embarras.

«Elles le sont presque toutes, croyez-moi. Mais je vous assure que le peu qui est vrai demeure et demeurera toujours vrai, même si on se refuse à y croire.»

Il se leva, ajusta son veston. «Comment devrais-je vous présenter à lui?»

«Pensez à une question quelconque à lui poser. Disons que je suis acheteur potentiel de la ferme, et vous me présentez à lui par politesse.»

«Vrai nom?»

Je regardais les lourds nuages par la fenêtre. «Non. McCloud.»

Quelques spongieux corridors et deux photoco-
pieuses plus loin, il s'arrêta devant une imposante
porte de chêne.

«Il déteste quand je fais ça.» chuchota-t-il d'un air
narquois. Puis il cogna deux petits coups secs et entra
directement dans le bureau.

«Michel. Quelles sont les restrictions concernant
l'élevage à la ferme ancestrale? Peut-on y élever des
porcs?»

Michel Drouin ne bougea pas, sa plume gelée dans
l'acte d'être sur le point de signer un document important. C'est là l'impression qu'il donnait. Il était un
homme important et tout ce qu'il faisait était important. Dans le moment présent, il avait l'air d'un
homme important interloqué et un peu furax. Michel
Drouin était un homme si important qu'il roulait en
luxueuse Jaguar, celle-là même qui était venu nous
rendre visite à la ferme.

«Il faudrait demander à Terry, M Cartier. C'est elle
qui a le dossier maintenant.» fit-il d'un ton égal.

«Oh!» s'exclama M Cartier. «Je te présente Monsieur McCloud. Il est intéressé à acheter la ferme.»

J'avançai sur son bureau comme un taureau et lui
présenta ma main.

«Enchanté!» fis-je, avec mon sourire du dimanche.
Par pur réflexe, il laissa tomber sa plume et me serra
la main.

Je ressentis une soudaine douleur au bas-ventre qui me fit plier un peu en avant avec une légère grimace que je ne pus réprimer.

«Désolé» lui dis-je pour justifier ma réaction «Syndrome de Crohn.»

Il lâcha ma main comme si elle avait été un déchet biologique.

«Où sont les toilettes, s'il vous plaît?» fis-je de façon urgente. M Cartier me donna des directions et je laissais l'homme important s'essuyer la main sur sa chemise avec M Cartier qui répétait 'Syndrome de Crohn' en haussant les épaules.

De retour dans son bureau, j'adressai quelques dernières questions à M Cartier. Il paraissait à la fois soucieux et attentif. Je savais qu'il avait lui-même des questions à me poser, et qu'il les réprimaient.

«La maison de ferme. Ces vieilles maisons étaient bâties sur une grosse poutre centrale appuyées sur les fondations, n'est-ce pas?»

«En effet. De sacrées grosses poutres en bois franc. C'est encore souvent le cas, mais les poutres centrales ont moins d'ampleur aujourd'hui, car le fer a remplacé le bois, et le poids des édifices est réparti différemment.»

«Il n'y a pas de cave à cette maison? Je n'y ai vu aucun accès.»

«Ah! Secret de contrebandier! Pas à l'origine, mais mon père y a creusé une cave et entreposait les caisses de whisky sous la maison, et il faut emprunter un tunnel pour y parvenir. L'entrée du tunnel est dissimulée dans la grange, à l'endroit où le tracteur est maintenant stationné. Mais le tunnel est devenu dangereux, il suinte de partout, et personne n'a osé s'y aventurer depuis très longtemps.»

«Est-ce que le tracteur fonctionne toujours?»

«Bien sûr. Je l'ai fait restaurer. Il commence même à avoir beaucoup de valeur.»

J'attendais l'autobus près d'une boîte téléphonique, et en profitais pour placer un appel à mon fidèle acolyte.

«On retourne demain matin, mon ami. Mais emmène tout le tralala cette fois. La corde, le harnais, les grosses lampes, les bottes en caoutchouc, etc....»

Le tracteur se mit à gronder au premier coup de manivelle. Gaspard embraya et fit avancer le gros véhicule jusqu'au mur opposé de la grange, puis arrêta le moteur. Il s'empara d'une pelle et revint avec un large sourire de satisfaction. Il avait grandi sur une ferme, et je devinais que ce petit tour de tracteur avait évoqué pour lui d'heureux souvenirs. Je m'attelais à la tâche de sonder la terre battue avec un pic dans l'aire qui avait été occupée par le tracteur, mais en vain.

«Moi, j'aurais mis l'entrée du tunnel assez près du mur pour pouvoir empiler des choses dessus, en vue de la cacher...» dit Gaspard.

«Tu as raison. Lorsque l'on a quelque chose à cacher, il est toujours sage de mettre le potentiel de paresse des autres de son côté.»

Nous décidions de creuser une tranchée de cinquante centimètres de profondeur à partir du mur en l'étendant progressivement vers le centre de la grange. C'est à un peu plus d'un mètre du mur que la pelle de Gaspard frappa le métal.

«Bingo Boss! On y est!» dit-il.

La plaque de métal rouillée fut dégagée et enlevée en un temps record, révélant un trou noir exhalant des effluves de terre humide. Les parois avaient été renforcées de larges planches qui bombaient maintenant dangereusement vers l'intérieur. On entendait de l'eau s'égoutter partout dans l'obscurité. Pas d'échelle. Le beigne de lumière éblouissante de ma puissante lampe halogène se reflétait dans de l'eau noire, une six ou sept mètres plus bas.

Gaspard passait la corde dans un anneau au mur tandis que j'enfilais mes bottes de caoutchouc et le harnais. Je m'assieds au bord du trou et fit sonner le cellulaire de Gaspard. Il le posa sur un ballot de foin sans couper la communication.

«Vous croyez qu'il va marcher là-dessous, Boss?»

«Probablement pas d'ici au sous-sol, mais active le mode walkie-talkie rien qu'au cas où ça marches. En attendant, je vais essayer de le garder au sec, et de ne pas avoir de vision immersive.» répondis-je avec un sourire. Nos cellulaires ont été passablement modifiés par un de mes amis de longue date.

Gaspard tendit la corde et je m'étendis à plat ventre, les jambes dans le vide. Je descendis dans le trou en me retenant à la lèvre d'une seule main, puis je laissais aller mon poids sur la corde. En descendant, mon corps frôlait les parois bombées. Ces quelques planches pourries retenaient des tonnes de terre humide depuis trois quarts de siècle, je tentais donc de distribuer mon poids sur la surface avec mes mains autant que possible. Puis mes pieds devinrent soudainement froids. Ils s'enfonçaient dans l'eau. Lorsque les bottes touchèrent le fond, elles étaient passées sous le niveau de l'eau et en étaient maintenant pleines. Je serrai les dents quelques secondes, le temps de me faire à cette intrusion frigide.

«Gaspard, l'eau est plus haute que les bottes. Lance-moi mes soulier.» En apercevant le visage de Gaspard alors que je regardais en haut, je ressentis l'appréhension soudaine que je ne remonterais plus jamais de ce trou.

Les souliers m'éclaboussèrent un peu en arrivant. J'enlevais les bottes pour les enfiler et attacher les lacets, sans oser m'appuyer sur les parois déjà surtaxées; pas une mince affaire lorsqu'on est debout sur un fond vaseux avec une lampe dans une main. Une fois la gymnastique terminée, je plongeai le faisceau de la lampe au fond des ténèbres du tunnel. Les murs étaient approximativement dans le même état que le trou d'accès, les planches du plafond craquées par endroits et bombant vers l'intérieur, le tout recouvert de masses de moisissure d'un vert sombre et de champignons blafards et amorphes.

«Très bien, Gaspard, on coupe pour sauver les batteries. Je te rappelle de l'autre côté.» dis-je en chuchotant presque dans le récepteur, soucieux de l'état du plafond.

«Boss, faites attention à vous...»

«Aucun souci à se faire. C'est un mineur qui a bâti ce tunnel.» J'aurais aimé pouvoir tirer quelque réconfort de cette assertion.

J'avançais lentement dans l'eau en frôlant les parois et ses champignons intrusifs. À son origine, il était clair que le tunnel avait été conçu pour permettre tout juste à un homme d'avancer sans que ses épaules ne touchent les murs. Maintenant que les parois étaient bombées vers l'intérieur, c'est en marchant de côté en catimini comme un crabe que je devais avancer. Cette proximité des murs n'avait rien pour me rassurer, et je réprimai constamment l'assaut de la claustrophobie.

L'accès au sous-sol de la maison était gardé par une porte de facture artisanale. Bien entendu, le bâtisseur du tunnel l'avait incluse dans ses plans pour éviter que l'humidité émanant du tunnel n'envahisse toute la maison. Un bout de câble fixé à deux clous dans la porte tenait lieu de poignée.

La porte refusait de bouger. Il faudrait plus qu'une simple poussée pour l'ouvrir, l'humidité l'ayant fait gonfler dans son cadre. Un coup d'épaule la fit bouger de quelques millimètres. J'entendis un craquement et des éclaboussements. Une section du tunnel s'effondrait à une dizaine de mètres derrière moi. Il semblerait que le cadre de la porte en était venu avec le temps à représenter un support structural majeur pour cette section du tunnel. Je me mis à m'élancer frénétiquement contre la porte, tandis que s'effondrait une autre section du plafond. Cette fois, je fus éclaboussé jusque dans le cou. Puis, avec un grondement sourd, une masse de terre froide vint me plaquer contre la porte qui refusait toujours de bouger. Mes poumons furent instantanément vidés d'air par la pression de la boue. Le silence se fit alors que de la boue entrait dans mes oreilles, le silence de la tombe.

Il me sembla être emporté dans un grand remous, l'impression d'un mouvement soudain. Je vécus quelques moments de pure panique et de totale impuissance alors que j'étais enterré vivant!

Tout cessa abruptement. Je me mis à tousser dans la poussière - je respirais toujours...

J'ouvris les yeux pour entrevoir un faible rayon de lumière devant mon visage. Ma lampe! Je la tenais encore. Je la secouais pour la débarrasser de la boue qui en obstruait le faisceau et la dirigeais vers le haut, renversant la tête en arrière. Des poutres, des planches. La porte avait cédé sous le poids de l'éboulis. J'étais maintenant sous la maison, plaqué à plat ventre et enterré jusqu'aux aisselles sous un flot de boue.

Je me dégageais lentement de ce qui aurait bien pu devenir ma demeure éternelle , me nettoyant tant bien que mal. J'avais perdu un soulier. Côté chaussure, ce n'était vraiment pas ma journée.

L'accès à la cave se situait dans le mur ouest, du côté nord de la maison. Pourquoi le père de M. Cartier s'était-il donné la peine d'allonger ainsi le tunnel alors qu'il aurait pu rejoindre directement le mur sud? J'imaginais un plan des lieux et la réponse vint d'elle-même. Il avait été forcé de contourner le puits, bien sûr.

Le plancher de la cave était en terre battue, les murs de pierre et mortier. Le grand-père n'avait pas lésiné sur la profondeur des fondations. Quelques débris de caisses de bois. Il y avait un petit chariot fait maison où l'on pouvait probablement empiler quatre ou six caisses d'alcool. Évidemment, un ancien mineur n'aurait pas manqué de se fabriquer un chariot pour faciliter le transport dans le tunnel.

La poutre centrale était en fait un gros arbre qui n'avait été équarri qu'en sa surface supérieure. Le reste du pourtour de l'arbre était hérissé d'écorce racornie.

Je fis lentement mon chemin vers le mur sud de la maison, la tête penchée de côté pour éviter la poutre. Je n'avais aucune certitude, mais je me doutais bien qu'il allait se passer quelque chose.

Et ce qui devait arriver arriva...

La femme spectrale apparût dans la pénombre, battant des bras avec son seau sur la tête, en longeant frénétiquement le mur sud en direction ouest, comme elle l'avait fait aux étages supérieurs. Cependant, elle ne se cogna pas la tête sur un objet invisible cette fois-ci, mais bien sur un objet réel. La poutre centrale. Tout son corps tressaillit sous l'impact de sa tête frappant la poutre centrale soutenant la maison. Bruit du métal frappant un obstacle.

Puis elle termina sa course en tombant de tout son long, le seau sur sa tête produisant encore son bruit métallique en touchant le sol, et disparût. Je me dirigeais vers ce coin du sous-sol. Elle avait disparu, mais le seau était encore là, abandonné, recouvert d'une couche de poussière. Il gisait sur un petit monticule d'un peu moins d'un mètre de large par deux mètres de longueur.

Sabrina Cartier-Drouin, je présume...

Je fermais les yeux et ce qui me fut communiqué me fit sourire.

«Merci, madame.» dis-je.

Le bruit d'enfer d'une scie à chaîne vint interrompre le silence de cette cave de contrebandier transformée en lieu de sépulture. Gaspard! Je l'avais complètement oublié. Puis la scie s'attaqua au plafond de la cave, provoquant un véritable raz de marée de poussière. J'allais m'asseoir en tailleur le long du mur, les yeux fermés, le nez à l'intérieur de mon chandail plein de boue, en attendant que Gaspard termine son léger remodelage de la maison.

Cette fois-ci, la mère spectrale ne m'avait pas foutu une baffe car, cette fois-ci, j'avais finalement compris son message....

«Après avoir déclaré sous serment qu'elle s'était noyée dans le fleuve, il devint assez difficile pour lui d'expliquer pourquoi le corps de sa femme s'est retrouvé dans le sous-sol de la maison de ferme. Il est donc passé aux aveux.» expliquais-je à M Cartier. Il semblait avoir rajeuni de dix ans, et je savais que le fait de savoir ce qui était réellement arrivé à sa fille en était la cause.

«La cocaïne, dites-vous? Mais c'est un diplômé des H.E.C!»

«Puis après? Michel Drouin avait d'énormes dettes de drogue qu'il avait accumulées depuis des années, avant même d'avoir rencontré votre fille, et qui l'ont forcé à détourner de l'argent de votre compagnie. Votre fille avait découvert le pot aux roses, il l'a éliminée.»

«Et ma mère?»

«À cause du poste qu'il occupait dans la compagnie, Drouin avait toutes les clés. Il est venu visiter la ferme avant que celle-ci ne soit rénovée, et les traces d'une infiltration d'eau dans la grange lui ont permis de découvrir l'existence du tunnel. Après avoir assassiné votre fille, ne sachant que faire avec le cadavre, il crût que c'était l'endroit rêvé. Mais arrivé sur les lieux avec sa dépouille, il ne trouva rien pour creuser la tombe. Il ne trouva qu'un vieux seau dans la grange et utilisa celui-ci pour creuser. Malheureusement pour lui, c'était le même seau qui s'était jadis trouvé sur la tête de votre mère lors de son accident. Ce faisant, il a impliqué votre mère, qui avait une présence résiduelle en les lieux inéluctablement liée avec cet objet... et avec laquelle on ne faisait pas le fin-finaud.»

«Ha! Non, jamais! Elle avait la baffe rapide!» s'exclama ce nouveau M. Cartier rajeuni, portant par réflexe une main à sa joue droite en riant. Je mimai son geste sur ma propre joue.

«Et gauchère en plus. On s'y attend moins... remarquez que dans mon cas...»

«Balthazar! Tu veux dire que ma mère t'a foutu une baffe?»

«Deux. De vraies bonnes, à part de ça!»

«Mais, tu fait maintenant partie de la famille!» Il fouilla la poche intérieure de son veston, et en extirpa une enveloppe en disant :

«Tu est très, très fort, Balthazar.»

«C'est exactement ce que m'a dit ta fille, Réginald. Oh! Et elle m'a demandé de te transmettre un petit message.» Ses yeux devinrent tout ronds.

«Elle m'a dit que tu avais raison de te méfier de Drouin et elle te remercie d'avoir tenté de la dissuader de le marier.»

Ses yeux devinrent pleins d'eau, mais il souriait. Puis il renifla un bon coup et dit :

«Voici tes honoraires, et dix mille dollars en prime.»

Il leva un index et posa sur son bureau - accaparé à présent par des piles de dossiers - un trousseau de clés et un document qu'il prit dans son tiroir. Je reconnaissais ce trousseau. C'était celui de la ferme.

«Voici aussi ce qui te revient de droit. Une ferme que tu as libérée de tous ses fantômes. Il y a un trou dans le plancher du salon, mais le reste est en parfait état.»

J'ouvris mon sac et lui présentai une canette de bière. Je ne puis habiter la campagne, je deviendrais fou. Mais j'avais une idée...

«Puis-je utiliser ton téléphone, Réginald?»

«Allô! Allô toi mon oncle Bâtâssâr!» fit la jeune femme trapue et rondelette en m'étreignant sur le trottoir. Je rendis l'étreinte à Mélanie, douce petite Mélanie pleine d'amour.

«On s'en va en campagne, pis j'vais avoir MA poule!» m'expliqua-t-elle avec joie.

«Oui, Mélanie. Une poule, une chèvre, tout ce que tu veux.»

La fille de Gaspard était atteinte du syndrôme de Down, et sa mère avait constamment besoin de dialyse ainsi que de coûteux médicaments. Gaspard ne faisait pas du taxi uniquement par simple dilettantisme, le coût de son loyer à lui seul faisait qu'ils avaient désespérément besoin de ce revenu.

Une maison en campagne toute payée était ce dont cette famille avait le plus besoin.

UN FANTÔME, UN DÉMON, UN SORCIER

Tenant Mélanie par la main, je gravis les escaliers menant à leur logement, vêtu de denim, pour les aider à déménager en ce samedi après-midi. La porte était ouverte et Gaspard était au milieu du corridor en train de s'essuyer la sueur du front. Il était entouré de piles de boîtes. Je jetai un coup d'œil dans le salon. Ses meubles étaient de style pseudo-mauresque et dataient de quarante ans au moins. Ces trucs-là pèsent une tonne!

«J'espère que t'as d'la bière?» m'enquis-je.

Parue dans la revue Solaris #156, automne 2005

2   La part du spectre

« Celui qui ne croit pas au diable

ne croit pas aux Évangiles. »

–Jean Paul II

Merde, le téléphone!

Balthazar fut tiré d'un rarissime profond sommeil par une de ses anciennes clientes. Elle lui raconta d'un ton urgent que sa jeune nièce était possédée du démon et qu'on allait ce soir tenter de l'exorciser. Balthazar était très sceptique.

Elle le supplia de se rendre sur les lieux pour s'assurer que l'exorcisme se déroulerait bien. Balthazar lui a expliqué qu'il n'était ni un exorciste, ni assez qualifié pour le devenir en s'improvisant comme tel, et que ses talents particuliers pourraient même s'avérer nuisible dans une telle entreprise. Il avait aussi mentionné que l'écrasante majorité des cas de présumée possession démoniaque relevaient en fait du domaine de la psychologie.

Tout ceci en baillant copieusement.

C'était une femme de tête, cette ancienne cliente, et bien sûr elle l'avait argumenté:

«Mon imbécile de beau-frère est entré dans une secte de pseudo chrétiens et c'est le pseudo pasteur pseudo exorciste de cette secte de pseudo chrétiens qui va pseudo exorciser ma nièce!»

«Madame, les pseudo... c'est à dire les gens ont parfaitement le droit de suivre la voie spirituelle qu'ils choisissent. Ils sont les libres arbitres de leurs actions, ergo de leur foi.»

«Vous avez été prêtre catholique romain, non?» Ah! Nous y étions! Il regretta soudain d'avoir utilisé le terme 'ergo'.

«Je l'ai été. Je ne le suis plus.» En revanche, il lui était reconnaissant de ne pas avoir employé le terme 'défroqué'. Ça le faisait se sentir comme tout nu en public.

«Vous savez donc qu'un exorcisme bâclé peut devenir dangereux, non?»

«Possiblement. Mais c'est Dieu qui agit sur les forces du mal et non l'exorciste, et... »

«Le 'temple' du pseudo pasteur est situé au deuxième étage d'un marché aux puces!» Elle criait presque dans le téléphone.

«Très bien madame, mais...»

«On dit qu'il a trois femmes!» Sa voix se faisait stridente.

«D'accord, mais...»

«Pasteur Bujold conduit ses pseudo offices habillé comme le Pape. Il va peut-être même tenter de pseudo exorciser ma nièce déguisé en Pape!»

Non! Habillé comme 'Il Papa ?!'

«Donnez-moi l'adresse de votre nièce s'il vous plaît, madame.»

Il ferait acte de présence, murmurerait les quelques paroles rassurantes qui étaient de mise, aiguillerait tout le monde vers un bon psychologue de sa connaissance et il pourrait ensuite s'en retourner tranquillement chez lui.

Quelques heures plus tard Balthazar avait abouti dans cette banlieue anonyme en ce début de soirée de fin novembre. Les violentes bourrasques menaçaient de transformer son parapluie en cornet et soufflaient quelquefois si fort qu'il devait s'y appuyer pour ne pas être poussé de côté. Il examinait néanmoins calmement les lieux, toutes antennes sorties, les pans de son long manteau battant au vent.

C'était une petite maison un peu vieillotte de deux étages avec un garage s'élevant à côté, sans joie ni luxe, mais entretenue avec le soin diligent que vouent à leurs maigres possessions ceux qui ont travaillé dur pour acquérir un peu de confort matériel. Des rideaux tirés sur la fenêtre panoramique du salon ainsi que sur la petite fenêtre de la porte d'entrée ne laissaient passer que de la jaune lumière diffuse. Devant la maison, un gros arbre dénué de ses dernières feuilles semblait imiter un chef d'orchestre dans l'herbe moribonde, battant la mesure des rafales de ses mille bâtons.

Un coup d'œil à sa montre. Trente secondes avant l'heure prévue de son arrivée. Le temps de marcher lentement jusqu'à la porte. Ou plutôt de zigzaguer, compte tenu de ce vent infernal. Rien ne pouvait l'avertir qu'il abordait un des cas les plus frustrants de sa carrière, qu'il allait bientôt se frotter à la fois aux ligues mineures et majeures.

Une ombre grandissait dans la fenêtre de la porte en réponse à la clochette. La femme qui ouvrit était dans la jeune quarantaine, mais semblait plus âgée de par ses yeux cernés et son apparence générale délavée. Derrière ses épaisses lunettes, elle avait l'air à la fois surprise et soulagée de le voir.

«Bonsoir. Madame Bourbonnais, je présume. Votre sœur Lise m'a demandé....» la femme s'avança sur lui nerveusement en frottant ses mains ensembles comme si elle les lavait, inclina la tête en avant et chuchota directement à l'épaule de Balthazar:

«Oh, doux Jésus, je vous attendais! Merci d'être venu. Mon Dieu, mon Dieu...» Elle lui fit signe d'entrer avec de petits gestes fébriles. Elle lui offrit de prendre son parapluie, son chapeau et son manteau tous trempés, puis l'invita à passer au salon.

« Le pasteur Bujold est prêt à commencer. » fit-elle d'une voix chevrotante d'appréhension en s'éloignant dans le corridor menant à l'arrière de la maison. Balthazar avait perçu un léger soupçon de mépris lorsqu'elle avait prononcé le nom du pasteur.

Un grand gaillard baraqué âgé dans la trentaine attendait, debout au milieu du salon, l'air sûr de lui et en contrôle de la situation. Il n'était pas déguisé en Pape, mais la qualité de son habit trois pièces et sa panse en pleine expansion laissaient présumer que les paniers d'aumônes circulaient souvent et lucrativement dans sa congrégation. Il vint se planter à dix pouces devant Balthazar.

«Pasteur Martin Bujold. Heureux de faire votre connaissance, mon père.» Ses yeux disaient le contraire.

«Balthazar Landry. Pareillement, pasteur. Je ne suis plus prêtre, cependant.»

Entendant ceci, le pasteur haussa doucement les sourcils en lui serrant la main, faignant la surprise.

Balthazar tenait toujours à serrer la main à ceux qui touchent de près à ses enquêtes. Ce simple contact lui révélait quelquefois de l'information vitale au sujet de ces personnes.

«Défroqué?»

Balthazar serra les dents.

«Votre foi n'était donc pas assez solide, je suppose?»

Le pasteur serrait la main de Balthazar un peu trop fort, par nature aussi bien que par habitude. Agressif, soif de pouvoir et imbu de lui-même. Selon Balthazar, il était ce qu'il semblait être, sans plus: un charismatique sans grande envergure.

«Exactement. J'avais la foi un peu molle.» répondit Balthazar, décidant de lui fournir encore un peu plus de corde. «Quel est votre diagnostic, Pasteur? Oppression, obsession, ou... possession?»

Bujold lui répondit avec le ton que l'on emprunte pour parler à un enfant un peu niais.

«Possession. C'est évident, voyons! Des objets on volé en l'air tout seuls dans sa chambre!»

Balthazar savait que cela était faux. Des phénomènes de psychokinèse inconsciente avaient souvent été observés et répertoriés autour d'un grand nombre d'adolescentes sans que la possession démoniaque n'entre en ligne de compte. De plus, un esprit complètement indépendant d'elle aurait pu accomplir cela sans qu'un quelconque démon ne soit impliqué. Balthazar avait jadis été témoin d'un poltergeist qui, fait extrêmement rare, avait soulevé un poêle à bois allumé. Le chalet en entier avait conséquemment été incendié et le poltergeist qui y avait élu domicile aussi.

Ce qui expliquait peut-être la rareté du phénomène...

«Est-ce qu'elle a rencontré un psychologue?»

Pasteur Bujold lui adressa un air plein de mépris, à peine masqué par un sourire amusé.

«Soyons sérieux. Je suis un homme du sacerdoce, moi, monsieur. Je n'appelle pas un menuisier lorsque je suis confronté à un problème électrique.» Le 'monsieur' était lancé là pour signifier à Balthazar que Bujold était toujours dans le coup du 'sacerdoce', et plus lui.

«Cela va de soi.» répondit Balthazar avec une déférence toute feinte.

Le charismatique pasteur lui indiqua un coin prés de l'arche du salon.

«Je vous demanderais de rester là et d'observer en silence.» fit-il en se détournant, la présence de Balthazar aussitôt oubliée.

«Vous pouvez y compter.» murmura Balthazar en prenant place à l'endroit indiqué.

Le père et la fille pénétrèrent dans le salon par la cuisine, suivis de la mère.

Les vêtements de la fille étaient noirs à l'instar de ses longs cheveux colorés, le tout rehaussant son teint naturellement blafard. Elle portait du rouge à lèvres d'une teinte frisant le brun et ses yeux fortement accentués au crayon anthracite lui donnaient l'air d'un raton laveur neurasthénique.

Balthazar fut surpris de constater qu'il y avait encore de nos jours des jeunes adoptant l'allure gothique, mais il réserva tout de même son jugement. Dans ce cas-ci, ce n'était peut-être pas tous simplement une question de choix esthétique.

Le père, comme sa femme, portait d'épaisses lunettes. Il avait aussi le crâne dégarni, le menton fuyant et le physique d'une quille de bowling en chaussettes. Il entraînait sa fille par le bras, fermement mais sans violence. Il lâcha prise et elle alla s'asseoir en se projetant sur le divan principal du salon dans une posture négligée. Elle soupira de façon théâtrale, croisa les bras, et se mit à fixer intensément le tapis entre ses Doc Martens. La mère et le père prirent place sur une causeuse au fond du salon.

L'homme du sacerdoce vint se placer droit debout devant la fille. Il tenait maintenant un curieux symbole dans une main et quelques feuilles de papier dans l'autre. Les parents tenaient aussi leurs propres copies de ces documents.

«Nous allons maintenant commencer la cérémonie.» annonça-t-il à la ronde d'une voix caverneuse.

Puis Bujold virevolta et brandit le symbole vers la fille.

«Quel est ton nom?» s'exclama-t-il.

Elle lui adressa un regard dégoûté.

«Lorraine Bourbonnais.» répondit-elle d'un ton monotone, en étirant chaque syllabe, puis retourna à sa contemplation rageuse du tapis entre ses bottes.

«Quel est ton AUTRE nom?» tonna-t-il à nouveau, brandissant encore le symbole dans son visage.

«MARIE Lorraine Bourbonnais.» Elle roula les yeux.

Selon les quelques connaissances que possédait Balthazar dans le domaine de l'exorcisme, ce que Bujold semblait tenter - forcer un démon à révéler son nom réel - pouvait possiblement porter fruit après les prières de l'exorcisme, ou idéalement après avoir engagé une pénible et périlleuse forme de dialogue avec l'entité démoniaque. Mais pas avant d'avoir franchi certaines étapes, étapes qui étaient astronomiquement loin d'avoir été entamées ici. Peut-être aussi qu'un véritable crucifix aurait aidé à activer les procédures.

L'exorciste parut quelques peu décontenancé par la réponse de Marie Lorraine, mais se rattrapa vite. Il se mit à lire à partir des feuilles qu'il tenait dans sa main.

«Pax vobiscum» déclama-t-il avec un geste théâtral.

«Et cum spiritum tuo.» entonnèrent les parents au fond du salon en lisant leur script.

«Benediction vos omnipotens, in nomine Partis et filis et spirito Sancto.» renchérit l'homme du sacerdoce, et la cérémonie était partie. Balthazar, qui avait une bonne connaissance du latin, ne pouvait suivre qu'avec difficulté leur prononciation plutôt arbitraire.

«... sanctificetur nomen tuum, adveniat rectum tuum. Fiat...»

Bujold avait prononcé 'rectum' au lieu de 'regnum'. Balthazar commençait à jeter de fréquents coups d'oeil du côté de la porte.

«Exorcizo te, immundissime spiritus, omnis incursio adversarii, omne phantasma, omnis legio...» Balthazar, bien que plutôt surpris de voir que l'homme du sacerdoce avait réussi à dénicher quelque part le De exorcizandis obsessis a daemonio, savait que rien ne serait accompli ici, ce soir. L'atmosphère était viciée par la stupidité de l'homme du sacerdoce.

Pendant que Bujold pontifiait en une langue qui lui était inconnue, Balthazar s'éclipsa du salon en douce, dévestis la patère de son manteau et de son chapeau et respira à fond l'air froid automnal en refermant doucement la porte derrière lui.

Sur le perron, en enfilant son manteau alourdi d'humidité, il réalisa qu'il avait oublié de prendre son parapluie en s'éclipsant. Il s'engagea dans la bourrasque sans celui-ci. Un maigre prix à payer...

Balthazar avait remarqué une usine papetière à moins de deux kilomètres, en s'en venant en autobus. Elle ajoutait maintenant des effluves âcres de soufre au vent pluvieux d'automne, se mariant à l'odeur des feuilles mortes alors qu'il se dirigeait vers le trottoir sur le petit chemin dallé. Il frissonna dans son manteau trempé.

Quelque chose...

Derrière lui, un soudain fracas fut suivi d'une rafale d'éclats de vitre brisée qui lui rebondirent dans le dos, et une ombre vint rapidement rattraper la sienne sur les dalles. Balthazar s'accroupit. L'homme du sacerdoce passa carrément par dessus son épaule droite et atterrit durement en plein visage sur l'herbe mouillée devant lui avec un bruit sourd.

Les feuilles blanches que Bujold tenait encore dans sa main s'envolaient une à une au vent.

Bujold tressaillit, leva lentement son visage vers Balthazar. Il avait les yeux voilés par le choc et du sang mêlé de pluie coulait de son front. Une feuille d'érable morte s'était collée à son menton.

Puis il se releva abruptement, chancelant, une main époussetant inconsciemment la cuisse de son complet à cinq cents dollars qui était maintenant réduit en lambeaux. Il fit volte-face en titubant et se précipita vers une Cadillac noire, qu'il finit par atteindre en boitillant après avoir exécuté une chute formidable en glissant sur les feuilles mouillées qui jonchaient le ciment du trottoir. Devant la portière de sa Cadillac, en cherchant frénétiquement ses clés, un long cri d'horreur débuta dans le fond de ses entrailles, pour fuguer après un crescendo soutenu, fugue qui ne fut interrompue que lorsque la portière claqua derrière lui. La grosse voiture démarra en rugissant, son arrière-train oscillant de gauche à droite, et tourna le premier coin venu sur les chapeaux de roues.

Le cri de Bujold fit sourire Balthazar. Mi mineur. Quelle caisse! Quelle pureté de ton! Bujold était un baryton naturel. Il possédait une voix parfaite pour chanter l'opérette Italienne. Balthazar était toujours admiratif de ces talents innés que l'on découvre quelquefois par hasard chez les gens.

Les trois Bourbonnais s'étaient assemblés dans le salon derrière les restes de leur fenêtre panoramique aux rideaux battant le vent, bouche bée. Ils ne comprenaient rien au décollage soudain de leur guru.

«... comme... une... fusée...» fit madame Bourbonnais d'une petite voix étranglée.

Balthazar allait se planter sur le gazon mourant devant la fenêtre, directement sous l'endroit où se tenait la fille. Il se mit à fouiller dans son sac, sans sembler trouver ce qu'il cherchait. Il en extirpa son crucifix, fit 'non' de la tête, et le présenta à la fille.

«Tiens ça une minute, s'il te plaît, Lorraine.»

La fille, devenue docile, se pencha et prit mollement le crucifix d'un geste d'automate, la bouche encore entr'ouverte. Ce faisant, sa main frôla celle de Balthazar l'espace d'une seconde.

En fouillant encore un peu dans son sac, Balthazar fit mine de trouver enfin ce qu'il cherchait. Il ouvrit la cannette de bière et en prit quelques rapides petites gorgées, prenant tout son temps pour observer en silence le grand arbre devant la maison mener une version endiablée de quelque pièce que l'on devinait facilement être de Wagner.

Toutes ses antennes étaient à nouveau sorties et il ne sentait dans l'environnement immédiat aucune présence maléfique; ni ponctuelle, ni résiduelle. La force qui avait envoyé valser le Pape en habit trois pièces à travers la fenêtre semblait n'avoir été motivée que par de bonnes intentions. Il attaqua à nouveau sa canette, puis il reprit doucement son crucifix de la main de Lorraine en la remerciant.

«Demain, ce sera samedi. Pourriez-vous tous être ici vers, disons, trois heures de l'après-midi?»

Toute la famille fit lentement 'oui' de la tête à l'unisson.

«Je vous verrai donc demain, ça va? » Il se dirigea ensuite vers le trottoir et se retourna encore une fois pour s'adresser à la fille en marchant à reculons.

«N'aie pas peur, Lorraine. Tu n'es pas possédée.» dit-il pour la rassurer.

Leur contenance le stoppa net. Toujours immobiles, la bouche encore ouverte et les yeux tout grands, les Bourbonnais n'avaient vraiment pas l'air rassurés.

'Allons bon. C'est un peu de Hollywood qu'il leur faut...' se dit-il. Balthazar détestait faire ça, mais...

Posant son sac sur l'herbe, il en sortis son étole, qu'il embrassa avant de se la passer autour du cou. Puis il empoigna sa vieille bible.

Il se recueillit quelques secondes, puis ouvrit sa bible n'importe où. Il murmura - en latin, bien sûr - une gentille prière qu'il connaissait par cœur, bénit ensuite la maison et ses occupants, et enfin remballa ses affaires dans son sac. En se relevant, il constata qu'ils étaient tous les trois dans les bras l'un de l'autre.

'Ça, c'est bien mieux!' pensa-t-il, soulagé. Il termina sa cannette de bière.

Ses derniers clients avaient été bien nantis et l'avaient payé grassement pour ses services, au point où il commençait décidément à se sentir plutôt mal à l'aise. Il règlerait donc le petit problème de ces pauvres gens à ses propres frais, ce qui lui donnerait l'occasion de commencer à rétablir un peu la balance. Après tout, un talent n'appartient pas à celui qui croit le détenir. Il appartient à toute l'humanité.

Balthazar s'éloigna dans la tourmente, une main retenant son chapeau, confiant que tout serait aussi bien que possible pour l'instant dans la maison Bourbonnaise, en sifflant un cantique de Noël anglican. Ses préférés...

Il se demandait s'il pouvait bien y avoir un bar potable, dans ce foutu bled...

Lorraine n'était peut-être pas possédée par Le Malin, se disait Balthazar, mais que le diable l'emporte s'il n'avait pas quelque chose à voir là-dedans.

Une simple phrase de la part de Gaspard avait suffi à éveiller ses soupçons. Balthazar avait commandé ses services de taxi, car plus d'une heure d'attente pour un autobus de banlieue hier soir l'avait rendu complètement dingue. Pire! Cette région était complètement dénuée de bars!

En arrivant à la demeure des Bourbonnais, Gaspard et Balthazar discutaient de la relative valeur immobilière des terrains de cette banlieue. Gaspard disait plus, Balthazar disait moins. À un certain point, il avait argumenté:

«Mais on peut sentir l'odeur de la papetière à plein nez. Ça doit terriblement dévaloriser le quartier, ça. Hier soir, ça empestait le soufre.»

«Boss, l'usine a fermé il y a cinq ou six ans.» dit Gaspard en lui adressant un regard pointu dans le rétroviseur. Gaspard est un ex-policier qui se tient au courant de tout, a des relations dans tous les milieux. Aussi, une foule de gens lui doivent une faveur ou quatre, ce qui fait de lui un atout incommensurable pour Balthazar en plus d'un ami fiable.

Bon. L'odeur du soufre est souvent associée à la présence du diable. Folklore moyenâgeux ou indice réel; Balthazar préférait ne pas prendre de chances.

«Dis moi, vieux, est-ce que tu as encore le numéro de téléphone du Père Patrakis?» Si la situation dégénérait, un exorciste ne serait pas de trop.

Gaspard s'étendit de côté sur le siège avant pour ouvrir le coffre à gant et en sortir un agenda, tout en stationnant le taxi devant la demeure des Bourbonnais. Seul Gaspard est capable de faire ça avec classe, dextérité et sérénité.

Il se mit à pitonner sur un cellulaire qu'il offrit ensuite à Balthazar en coupant le moteur.

«Patrakis, dernier numéro.» Balthazar accepta le petit combiné et le glissa dans sa poche.

«Merci, Gaspard. Ça peut devenir...» il cherchait le mot, sans le trouver. «... Il pourrait y avoir une chance que ça devienne étrange là-dedans. Si je ne suis pas en mesure de le faire moi-même, fais venir Patrakis d'urgence en mon nom. Il saura quoi faire. N'entres surtout pas dans la maison, sous aucune considération.» Balthazar avait choisi de ne pas ignorer cette inquiétante odeur de soufre qui ne devait plus être là.

Gaspard se retourna vers lui en retroussant son képi anachronique de chauffeur de taxi, ce qui lui donnait un peu l'allure cavalière d'un pilote de bombardier.

«J'ai jamais laissé tomber mon partner, Boss, pis chuis pas sur le point de commencer aujourd'hui. Ça arrivera pas sur mon shift.» dit Gaspard en faisant un poing avec le pouce en l'air.

Balthazar fit de même, lui adressa un clin d'oeil et sortit du véhicule, confrontant son destin imminent.

Une toile avait été installée devant la fenêtre panoramique ruinée. Les débris de vitre et de bois avaient été ramassés en un petit tas dans l'allée à côté duquel gisait un râteau. M Bourbonnais contourna le coin de sa maison en tenant une poubelle en plastique vert et une pelle. Il vit Balthazar et eut un sourire incertain en s'approchant.

«Père Landry! Merci d'être venu. Tout le monde vous attend avec impatience. La nuit a été longue.» dit-il en transférant ses affaires à sa main gauche pour venir lui serrer la main. Balthazar réprima l'envie de

lui dire qu'il n'était plus religieux. Il sentait que Bourbonnais n'en menait pas large. Sa poignée de main dé-
goulinait d'appréhension, et même d'une pointe de
panique réprimée, ce qui était bien naturel dans les
circonstances. D'un sentiment de culpabilité, aussi.

M Bourbonnais enchaîna, fournissant par une sou-
daine confidence la raison de cette culpabilité.

«Père Balthazar, je commence à me demander si
notre secte est un support spirituel suffisant pour ses
fidèles, si nous ne sommes pas en train de nous éloigner de Dieu, si... je n'ai pas éloigné les miens de
Dieu...» murmura-t-il en baissant la tête.

Balthazar sourit intérieurement. 'Laissez venir à
moi les pauvres, les simples d'esprit...' M Bourbonnais
se qualifiait certainement dans ces deux catégories.

«C'est ce que nous allons tenter de découvrir dès
aujourd'hui, M Bourbonnais.» Puis il remarqua que la
Cadillac noire d'hier soir était stationnée au trottoir
avec une longue égratignure toute fraîche qui en parcourait le côté.

«Brazeau... Frajeau...» balbutia Balthazar.

«Bujold» rectifia M Bourbonnais en clignant des
yeux nerveusement derrière ses lunettes.

«Bujold est REVENU ICI?» Les deux bras lui en
tombèrent d'incrédulité. Il sentait naître cette familière
et malvenue tension dans ses mâchoires.

UN FANTÔME, UN DÉMON, UN SORCIER

M Bourbonnais clignait maintenant des yeux encore plus rapidement et leva les deux mains dans un geste de pacification. Un chien qui voit s'approcher le journal roulé dans la main de son maître. Balthazar eut instantanément honte d'avoir élevé le ton.

«Il a décidé d'assister lorsqu'il a appris que vous reveniez. Il m'a dit qu'il voulait améliorer sa... technique...?» marmonna M Bourbonnais.

«SA TECHNIQUE?» pendant l'espace d'une fraction de seconde, Balthazar vit Bourbonnais au bout d'un tunnel de rage écarlate.

Du calme!

Il ferma les yeux en attendant que les soudaines pulsations de sa migraine s'estompent. Puis il se retourna vers Gaspard, toujours assis au volant de sa Mercedes.

«Si jamais tu décides de sortir de ton taxi, fais attention au pseudo Pape dont je t'ai parlé. C'est sa Cadillac qui est derrière toi et ce monsieur a tendance à décoller en... en cowboy, comme tu dis.»

«Dix quatre.» répondit Gaspard et examina la Cadillac dans son rétroviseur.

Balthazar se dirigea d'un pas stoïque et volontaire vers la porte de la maison, que M Bourbonnais ouvrit devant lui avec un empressement qui lui fit à nouveau avoir honte d'avoir perdu son sang-froid.

Il se déroulait un manège spirite dans le salon!

Des objets flottaient en l'air, tournant en lente procession autour de la pièce. Un portrait sur velours d'Elvis lui frôla le visage, suivi d'une télécommande de téléviseur, d'une lampe, d'un livre qui faisait semblant de voler comme un oiseau, d'un coussin et d'un petit chat totalement effrayé qui agita vers lui une petite patte nantie de minuscules griffes, avant de poursuivre sa route dans la ronde, puis retourner comme tous les autres objets faire un autre circuit de la pièce. Les yeux de Balthazar couraient partout, examinant chaque coin de la pièce. Aucun fil, aucune perche. Un manège spirite?

«Saint-Régibouère de Coltore!» s'exclama M Bourbonnais derrière lui, puis ajouta «Excusez la.» d'un ton contrit.

Balthazar ferma les yeux et ouvrit tous ses sens à l'atmosphère de la pièce. Il sentait une présence diffuse parmi celles des vivants, certainement l'entité qui était responsable du manège spirite, mais sans plus. Cependant, son instinct lui disait qu'elle n'avait rien de maléfique.

Balthazar attrapa au vol le portrait sur velours d'Elvis qu'il appuya au mur derrière lui.

Il saisit la télécommande et la déposa sur la table près de la porte, la lampe aussi. Le livre, - il prit le temps d'en lire la couverture: ASTROLOGIE BÉLIER - alla sans cérémonie rejoindre le portrait d'Elvis.

Il lança le coussin à Bujold qui était assis sur le divan, la tête enturbannée d'un pansement, et celui-ci l'attrapa à la dernière fraction de seconde. Le 'Pape' semblait plutôt humble aujourd'hui.

Balthazar s'empara finalement du chaton flottant pour le caler sous son bras. Le petit félidé amarra promptement toutes les griffes à sa disposition dans son épais manteau.

La mère, la fille et le Pape semblaient à la fois fascinés, terrifiés, mais aussi déçus de l'intervention de Balthazar. Tout comme si le lecteur Blue Ray était tombé en panne au beau milieu d'un film. Une famille de spectateurs dans une nation de spectateurs. L'équivalent humain d'un chevreuil hypnotisé par les phares d'une automobile qui va le frapper.

«Tout le monde dehors, s'il vous plaît.» dit Balthazar d'un ton égal, contrôlé, sentant sa colère se raviver à leur attitude.

Un tollé de protestations se leva dans la pièce pour mourir bien vite lorsque l'auditoire réalisa que Balthazar était on ne peut plus sérieux.

«Dehors, s'il vous plaît. Vos manteaux, votre argent, vos bijoux...»

M Bourbonnais renchérit: «L'avez-vous entendu? On sort! Maintenant!»

Balthazar détacha doucement le petit animal de son manteau et présenta d'une main le chaton, dont le corps avait adopté la forme d'un 'X' fébrile, à Lorraine qui l'accepta avec un sourire et puis une petite exclamation aiguë lorsque les minuscules griffes trouvèrent la peau de son sein.

Tandis que les Bourbonnais s'affairaient à évacuer les lieux il fut pris d'un nouvel assaut de migraine et ferma les yeux, se pinçant la racine du nez entre l'index et le pouce.

Les escaliers furent gravis à la hâte, puis redescendus une demi douzaine de fois. Les panneaux coulissants du garde-robe du vestibule furent ouverts et fermés aussi souvent. Puis la porte d'entrée claqua de façon définitive et il attendit quelques minutes avant d'ouvrir les yeux.

'Enfin seul', soupira Balthazar, dans le silence. 'Seul avec ceux qui sont silencieux.'

Il tenta d'ouvrir la porte pour faire signe à Gaspard que tout allait bien. Elle refusa de s'ouvrir.

Peut-être avait-elle été verrouillée. Il tourna le loquet en tirant. Rien. Il tourna à nouveau dans l'autre sens et elle s'ouvrit enfin avec un peu d'entêtement. Les Bourbonnais et Bujold s'étaient entassés dans le taxi de Gaspard. Celui-ci le regardait avec un sourire forcé et avec sous son menton la tête du petit chat qui semblait apprécier l'odeur de sa lotion après-rasage Aqua Velva. Balthazar pouvait voir que les Bourbonnais et le Pape, excités, parlaient tous en même temps.

Il fit signe à son ami et referma la porte sur les bourrasques glaciales.

Balthazar contemplait un moment la maison maintenant vide, à part pour lui et ... quelque chose. Ou choses...

Il était un peu inquiet, car il se trouvait complètement en dehors des barèmes qu'il s'était établis. Un peu de complaisance, peut-être?

Balthazar amorçait toujours chaque nouveau cas par une brève rencontre avec le client et une lecture des lieux de l'investigation, sans avoir aucune connaissance préalable des circonstances qui avaient mené à son intervention. Sa secrétaire s'occupait de recevoir les appels, de filtrer ceux qui ne relevaient pas de son domaine - ce qui pourrait s'avérer être le cas présent - et de fixer un rendez-vous avec le client dans un endroit neutre, son lieu de travail ou un restaurant, par exemple, histoire de lui serrer la main et de tenter de lire sa personnalité à travers ce contact.

Il tenait d'abord à rencontrer et 'lire' le client pour s'assurer qu'il n'était pas sur le point de mettre ses talents au service d'un quelconque sombre dessein, une vengeance ou une entreprise criminelle. De plus, l'ignorance de la nature des manifestations lui permettait d'approcher initialement les lieux avec un esprit ouvert.

Mais ce cas-ci lui était parvenu par le biais de la sœur de Madame Bourbonnais, court-circuitant ainsi tout le processus. Dans le cas présent, il en savait déjà trop pour entreprendre la lecture des lieux avec un esprit libre de préjugés. Cela ne lui rendait pas la tâche facile.

Il s'affala un moment dans un fauteuil du salon bien usé et confortable, s'acclimatant à l'environnement en récapitulant les éléments du cas qui se présentait à lui.

Il y avait une maigre chance que tout ce brouhaha ait été causé par une infestation d'un quelconque démon. Maigre. Y avait-il vraiment eu odeur de soufre hier? Son imagination lui avait-elle joué un tour?

Son intuition lui disait que les objets que l'on disait avoir été projetés dans la chambre de Lorraine représentaient une activité caractéristique d'un poltergeist, un esprit frappeur, et on pourrait aussi à l'extrême limite lui attribuer le vol plané de Bujold.

Le manège spirite, c'était une toute autre histoire. Ses recherches en matière de phénomènes paranormaux indiquaient que ce n'était que du pur folklore, un trucage typique des séances organisées par les médiums charlatans autour du début du vingtième siècle. Ceci introduisait donc un paradoxe qui faisait maintenant de lui le témoin d'une authentique... fausse supercherie?

L'attitude corporelle du petit chat, alors qu'il évoluait dans le manège spirite, ne laissait absolument aucun doute sur l'authenticité du phénomène. Un chat suspendu à un fil finit toujours par ressembler au bossu de Notre-Dame, mais pas lui. Il n'était suspendu à aucun fil, ne faisait l'objet d'aucun autre artifice. Il avait bel et bien été en état de lévitation. De toutes façons, Balthazar aurait détecté ces artifices en démantelant le manège.

Sortant une cannette de bière de son sac, il se leva et se mit à arpenter lentement les pièces de la maison en sirotant sa bière, flânant, gardant l'esprit ouvert et placide. La lecture des deux étages dura à peu près une demi-heure.

Rien. Aucun décès ne semblait avoir eu lieu, ou du moins avoir laissé de traces, dans cette maison qu'il estimait âgée d'environs une soixante-quinzaine d'années. Elle se situait à cheval sur une fourchette de temps au cours de laquelle les gens avaient déjà commencé à aller mourir à l'hôpital plutôt qu'à la maison. Aucun profond traumatisme n'y avait laissé une ambiance persistante. Cependant, Balthazar ne pénétra pas dans la chambre de Lorraine, préférant garder celle-ci pour la fin.

Il émergea dans l'arrière cour par la porte de la cuisine et arpenta le petit terrain quelques temps. En marchant le long de la clôture, il sentit venir une impression diffuse, s'opérer un changement subtil dans la trame de fond de la réalité. Sa montre disait qu'il était 15h34. Il se pencha en avant et ferma les yeux:

Devant lui, dans un coin au fond de la cour entre deux jeunes lilas en fleurs, une fillette à genoux pleurait sur une petite tombe fraîchement remblayée en y plantant une croix qu'elle avait fabriquée d'éclisses de bois et de ficelle. Elle portait un t-shirt froissé qui disait 'BACK STREET BOYS' dans le dos. Balthazar laissait venir à lui les impressions. En guise de tombeau, elle avait utilisé ce qui s'était trouvé sous sa main. Une petite boîte de céréales. Dans cette boîte reposait Alfred le hamster et quelques charmantes petites offrandes infantiles pour l'accompagner dans l'au-delà.

Il ouvrit les yeux. La vision immersive était terminée. La taille actuelle des deux lilas suggérait que les éléments de la vision dataient approximativement d'une dizaine d'années. Heureux sont les enfants dont le premier contact avec la mort s'établit par le truchement d'un animal favori...

Un coup d'œil à sa montre l'informa que la vision avait duré presque cinq minutes. Il poussa un bouton du cellulaire.

«Presque cinq minutes, Gaspard.»

«Ok, Boss.»

Après avoir couvert le reste du terrain, Balthazar entreprit l'investigation du garage, la grande porte du côté de la maison étant restée entr'ouverte.

Une petite auto de fabrication Coréenne qui devait bien avoir une douzaine d'années était garée derrière la porte coulissante. À droite se trouvait une pile de journaux et des caisses de bouteilles de boisson gazeuse vides. Un petit établi occupait le mur arrière.

Plus loin, le garage était habité par une deuxième auto qui, elle, était recouverte d'une housse. À mesure qu'il s'en approchait, il sentait à nouveau que son instinct essayait de le prévenir que l'au-delà se chargeait à nouveau de signification.

15h46. Balthazar ferma les yeux.

Il tombait... non, il coulait lentement en des eaux sombres et frigides. Dans la grisaille de cette eau sale chargée de particules, il percevait à peine sous lui le fond marin recouvert d'algues dans lesquelles se nichait une automobile. À mesure qu'il descendait, il découvrit qu'il y avait plusieurs autres autos disséminées ici et là dans la végétation marine florissante. Chacune d'entre elles aurait pu représenter une des étapes de la décomposition du métal sous l'eau. Certaines étaient presque entièrement recouvertes de végétation ou complètement rouillées, et d'autres semblaient plus ou moins fraîchement abandonnées.

Un cimetière d'autos sous-marin...

Sa trajectoire l'amena devant un véhicule qui pointait vers la surface, car il s'était en partie posé sur les restes d'une autre auto, plus ancienne. Quelques petites bulles s'échappaient encore de la carrosserie à la commissure supérieure des portières avant.

Les phares s'allumèrent soudain. Ébloui, il leva les bras pour protéger ses yeux de la lumière et concentra son regard vers une ombre qu'il parvenait à peine à discerner derrière le pare-brise fissuré.

Deux mains agrippaient le volant derrière lequel se trouvait un visage bleuté, ses yeux morts fixant aveuglément droit en haut et la bouche mollement ouverte. La tête s'entourait d'une corolle de cheveux gris flottant doucement en imitant le mouvement des algues dansant au gré du courant.

Les pieds de Balthazar touchèrent le fond. Il regarda autour de lui dans le cloaque, attendant la suite des événements. Elle ne tarda pas.

Une à une, les autres autos allumèrent leurs phares. Les pires débris émettaient une faible lueur d'un jaune caillé et les plus neuves de longs faisceau brillants, illuminant follement en tous sens l'eau dense et semi opaque.

Puis les autos moribondes se mirent toutes à klaxonner, des dizaines de clairons étouffés couvrant toute la gamme, ronflants, hoquetant, grêles et sourds;

une cacophonie de danger imminent. Tous leurs feux de hasard se mirent à clignoter à l'unisson.

Balthazar ouvrit les yeux avec un frisson et une profonde inspiration, momentanément étourdi. En respirant péniblement, combattant la nausée, il s'emmitoufla dans les pans de son manteau pour se réchauffer... et réalisa immédiatement qu'il n'avait en réalité pas froid du tout, pas plus qu'il n'était trempé. Cette vision, immersive dans tous les sens du mot, avait duré presque sept minutes, produisant un total d'environs dix minutes pour aujourd'hui. S'appuyant un moment sur une pile de caisse de boisson gazeuse, il recomposa Gaspard sur le Cellulaire.

«Environs dix minutes au total, Gaspard. Je vais maintenant t'avertir avant de recommencer.»

«Dix-quatre, Boss.»

Il s'approcha de l'auto entreposée dans le garage et en souleva la bâche ainsi qu'un nuage de poussière. C'était bien l'automobile de sa vision, celle qui avait eu ce cadavre au volant. Une ancienne Valiant, apparemment en bon état malgré son séjour dans les profondeurs. Le faisceau de sa petite lampe de poche ne révélait rien de particulier à travers les fenêtres embrumées.

À l'extérieur du garage, Balthazar fit signe à Gaspard que tout allait bien avant de retourner dans la maison et monter au deuxième étage.

Posters de groupes rock gothiques, maquillage et fournitures scolaires sur les meubles et vêtements à la traîne jonchant le tapis, la chambre de Lorraine était facilement identifiable. Il y sentait une tension presque palpable, comme si deux plaques tectoniques en apparence statiques accumulaient ici, à leur point de rencontre, une pression qui serait tôt ou tard libérée avec fracas. La présence de cette dynamique invisible lui causait un léger malaise claustrophobe.

Balthazar fit lentement le tour de la chambre. Il ouvrit enfin la porte de l'unique garde-robe bourré de vêtements, de boîtes, de souliers... quelque chose ici!

Il leva les deux mains à la hauteur de la tablette supérieure, puis les rabaissa lentement en s'accroupissant, frôlant les vêtements pour enfin arriver au niveau des chaussures.

Ah! C'était là, quelque part au niveau du sol.

Après avoir examiné les multiples paires de souliers et de bottes, Balthazar allait se résigner à devoir ouvrir les boîtes qui se trouvaient au fond de la pile lorsqu'il remarqua que le tapis de la garde-robe était mal ajusté au mur. Soulevant ce coin de tapis, il découvrit une enveloppe noire.

Il la pris dans sa main et fut immédiatement frappé de terreur à son contact. Elle n'était pas cachetée. Il l'entrouvrit d'une main tremblotante avec les lèvres serrées de répulsion, les yeux plissés comme si il allait être aspergé d'acide. L'enveloppe noire ne contenait qu'une plume blanche. Balthazar devait lutter contre le désir de la lancer au loin. Des images violentes s'imposèrent soudain à lui en rapide succession. Ce n'était pas là une vision immersive. Pire, il était entraîné dans une hallucination survoltée par la puissance même de l'objet qu'il tenait dans ses mains.

Il voyait une dalle funéraire illisible au clair de lune, craquée et usée par le temps; un oiseau affolé empoigné par le cou, battant futilement des ailes puis se résignant; un couteau frappant sauvagement; du sang coulant dans les craques de la dalle comme une rivière s'installant dans son cours; trois plumes; trois enveloppes noires.

Balthazar devint conscient d'un cognement rythmique derrière lui. Le plancher vibrait comme si un éléphant montait les escaliers à la hâte. Il se releva en se retournant. Tous les meubles de la chambre se soulevaient et retombaient à l'unisson en éparpillant livres, oursons en peluche, cosmétiques. Balthazar laissa tomber de sa main l'enveloppe et tout mouvement, tout bruit cessa instantanément. Son cellulaire se mit à sonner.

«Oui, Gaspard?»

«Ça va, là dedans? On entendait cogner jusque dans l'auto. Même la toile de la fenêtre vibrait. »

«Quelqu'un m'avertissait d'un danger. C'est fini pour l'instant. Dis à tout le monde d'entrer dans le salon. Je vais les interviewer un à un dans la cuisine et surtout, dis-leur de ne pas monter à l'étage.»

Dans la cuisine, autour d'une merveilleuse table de cuisine toute de chrome et de formica rouge qui devait bien dater des années cinquante, madame Bourbonnais lui narra les affres de la ménopause, la montée insidieuse du prix de la viande et lui confia sa méfiance de Bujold.

«Je ne suis qu'une femme ignorante et je n'ai pas eu beaucoup d'instruction, mais je ne vois pas comment cette sorte d'homme pourrait être un Canal de Grâce Divine.»

«C'est ce qu'il prétend être, une source, un 'Canal de Grâce Divine'? » dit Balthazar, mi-figue mi-raisin.

«Oui. Il le répète assez souvent... il le répète trop souvent pour l'être vraiment.» Elle porta un regard morne et défiant vers la porte close menant au salon qui semblait vouloir dire: 'Et qu'il m'entende!'

«Apparemment, vous n'êtes pas aussi ignorante que vous le prétendez.» la rassura Balthazar avec un petit sourire amusé.

Elle le dévisagea en silence derrière ses épaisses lunettes. Balthazar enchaîna immédiatement avec une autre question avant de se laisser embourber dans un dangereux échange de rhétorique engourdie.

«Comment votre mari en est-il venu à adhérer à cette secte?»

«'Les Prophètes de l'Aurore du Capharnaüm?'»

«Oui. Comment en a-t-il entendu parler?»

«Bujold l'a apostrophé alors qu'on sortait du marché d'alimentation. Il lui a jasé ça pendant une heure au moins. J'ai été obligée de l'attendre toute seule dans notre auto parce que Lorraine faisait une gastro et n'était pas venue. Le chauffeur de Bujold l'attendait, appuyé contre sa Cadillac. Je n'aimais pas ce chauffeur non plus, pas plus que je n'aimais Bujold. Le chauffeur avait l'air d'un garçon...» elle se pencha en avant pour chuchoter «...un de ces garçons qui se prennent pour leur sœur. Il avait l'air de s'être maquillé. Mais en même temps il faisait peur.»

Elle se redressa avec une lueur de ressentiment dans le regard.

«Le dimanche suivant, mon mari nous a entraînées ma fille et moi au Temple, au lieu d'aller à l'Église. Ça a pas arrêté depuis. C'était le lendemain de l'Halloween, il y a un an. Sa vieille mère, ma belle-mère, venait de mourir dans un foyer quelques mois avant et mon mari n'était... pas encore retourné dans son assiette.»

«Ça l'a marqué.»

«Elle a beaucoup souffert. Il l'aimait sans bon sens. Ce n'est pas juste.»

V. R. DUMOULIN

Le mari n'avait pas grand chose de nouveau à dire.
Il réitéra ses doutes concernant son adhésion à la secte
des 'Les Prophètes de l'Aurore du Capharnaüm'. Balthazar commençait à détester ce nom biblique bidon. Il
amena sans difficulté M Bourbonnais à s'admettre à
lui-même que les souffrances et le trépas de sa mère
avaient créé chez lui un vide, une 'soif de l'Âme' et un
besoin de révélation qui l'avaient rendu vulnérable aux
efforts de recrutement d'un Bujold. M Bourbonnais
semblait soulagé d'avoir fait ce pas en avant et demanda à Balthazar s'il pouvait lui recommander un
lieu de culte 'plus près de Dieu' que cette secte.
L'investigateur du paranormal lui fit part du fait qu'il
y avait plusieurs Églises au sein de la Chrétienté, que
l'Église catholique de Rome n'en était qu'une parmi
tant d'autres, que les bouddhistes aussi méritait sé-
rieuse considération, que même les bahaï et les sikhe
présentaient d'heureuses alternatives. Balthazar lui
conseilla avant tout de faire un choix judicieux et
d'adhérer à une église peut-être un peu plus traditiona-
liste que 'Les Prophètes de l'Aurore du Cafard'.

«Capharnaüm.» le reprit Bourbonnais.

«En effet.»

«Mais, vous prêchez contre votre paroisse! Vous
étiez un prêtre catholique...» M Bourbonnais semblait
ébahi.

«J'ai toujours été pour le bien de mon prochain avant tout, M Bourbonnais. Vous pourriez dire que mon église est celle de l'humanisme. Et de toutes façons, je ne suis plus prêtre.» Balthazar était fatigué de répéter ça.

«L'Église de l'humanisme...» marmonna M Bourbonnais. Puis son regard se fit perçant de curiosité. «Vous n'êtes plus prêtre? Pourquoi?»

«Bonne question. Mes talents innés ne cadraient pas vraiment, j'ai dû faire un choix.» C'était vraiment aussi simple que ça.

M Bourbonnais s'en retourna au salon, semblant en proie à une profonde réflexion.

Lorraine paraissait tendue, sur le point d'exploser, d'imploser, ou quoi que ce soit d'autre que font les adolescentes mécontentes. Elle prit place à son tour dans la chaise avec fracas, posa le petit chaton sur ses genoux sans cérémonie et ensuite ses mains à plat sur la table en dévisageant Balthazar avec hostilité de ses yeux de raton laveur affamé.

Elle représentait son seul espoir de percer ce mystère et elle était aussi la plus récalcitrante de tous. Il ne devait en aucun cas rater cet interrogatoire; ses renseignements pourraient possiblement lui éviter de se mettre en grave danger.

Il ressentait physiquement une certaine tension se traduisant par un nœud entre ses épaules. Cela lui rappelait plusieurs situations analogues dans quelques petite salles closes de quelques commissariats de police, où tout reposait sur le dialogue entre l'investigateur et le coupable ou le témoin clé. Tout résidait dans le non-dit, dans la manipulation psychologique de la proie, dans les cartes que l'interrogateur tenaient secrètes.

Par pure habitude, Balthazar esquissa le geste de sortir ses cigarettes de la poche gauche de sa chemise pour lui en offrir une; il ajusta son nœud de cravate à la place, ayant arrêté de fumer depuis belle lurette. Et on n'offre pas une cigarette à une enfant...

Balthazar tenta en vain d'entamer une conversation. Elle ne lui répondait que par des monosyllabes percutantes. Puis elle en eût assez.

Elle se pencha vers lui en extirpant de son chandail une chaînette au bout de laquelle pendait un petit crucifix à l'envers, un présumé symbole satanique qu'elle lui brandit au visage.

«Waaaaah!» cria-t-elle avec une affreuse grimace. En ayant entendu assez, le petit chat décampa en direction du salon vite comme l'éclair, ses petites griffes dérapant avec bruit sur le linoléum en négociant le tournant du couloir.

Puis, bien entendu, suivit une démonstration de pyrotechnie. Elle bondit de sa chaise et se mit à hurler en sautant sur place au milieu de la pièce en agitant les bras.

«J'en ai ASSEZ de toutes vos niaiseries! AS-SEEEEEZ!»

«Lorraine...» commença calmement Balthazar. Le père passa la tête par la porte. Balthazar leva une main pour l'arrêter sans même lui adresser un regard et il se retira discrètement.

«Toujours des maudites connerie de Dieu-ci puis Dieu-ça! FUCK! Ecoeurée! Ralbol-ralbol-ralboool!»

«Lorraine, assied toi s'il te plaît.» Elle se retourna vers lui, puis vers la porte menant à l'extérieur et de nouveau vers lui.

«Lorraine, assied toi. Tu n'as malheureusement nulle part où aller.» Elle sembla peser la véracité de cet argument, puis parût en arriver à la même conclusion. Elle revint s'asseoir en silence, mécontente, boudeuse, mais sensiblement moins hostile une fois un peu de son fiel libéré. Heureusement, elle n'avait pas décidé d'aller s'enfermer dans sa chambre. Balthazar aurait été forcé de l'intercepter.

«Moi, je n'ai pas vu de crucifix à l'envers. J'ai vu un crucifix à l'endroit, tenu par une jeune femme toute à l'envers, et avec raison. De toutes façons, le crucifix à l'envers n'est même pas un symbole satanique. Il a déjà été utilisé par l'Église.» dit calmement Balthazar, sur un ton amiable.

Était-ce là un sourire réprimé qui jouait aux coins de cette moue brun Revlon? Par bonheur, au dernier moment, Balthazar s'était retenu de dire 'petite fille' et avait prononcé 'jeune femme'. Il la sentait plus frustrée envers ses parents et leur religiosité qu'hostile envers lui. Mais la partie n'était pas gagnée pour autant...

«Bujold est un charlatan, mon père est un charlatan, ma mère est une charlatane, pis toi t'es un charlatan.»

«Non. Moi, je suis clairvoyant, entre autres choses.»

«Ah, oui? Prouves-le donc! » fit-elle en croisant les bras, l'air d'être satisfaite à l'avance du résultat.

Bien. Balthazar ne faisait pas profession d'être un expert manipulateur, mais il l'avait certainement placée exactement là où il voulait qu'elle soit.

«J'ai vu une petite fille d'environ cinq ans enterrer quelque chose entre les deux lilas ici au fond de la cour et y planter une croix de bois ficelée.» Le regard de Lorraine se porta une fraction de seconde dans la direction de la cour, des lilas.

«C'était mon...»

«...hamster.» termina-t-il pour elle.

«Il s'appelait...»

«... Alfred.»

«Mes parents t'ont dit ça, charlatan!» Le ton montait. Le temps de porter le coup de grâce était venu. Maintenant ou jamais.

«Tes parents savent-ils ce que tu as choisi comme cercueil pour ton hamster?»

Elle ouvrit la bouche comme pour le dire, puis regarda en l'air, cherchant la réponse.

«J'pense pas. Ils étaient partis travailler.» fit-elle finalement.

«Une boîte de céréales à une seule portion, du genre qui s'ouvre en deux petites portes en avant»

«Ça, c'est facile à deviner.» dit-elle d'un ton tranchant en s'adossant à la chaise, mais un doute palpable s'était installé.

«Et je sais ce que tu a mis dans la boîte avec Alfred. Je l'ai vu grâce à mon don de clairvoyance. Je ne suis pas un charlatan. Je les déteste et je peux t'aider.»

«Ok. Vas-y...» sa voix était incertaine. Elle était devenue immobile, les mains entre les cuisses, la tête rentrée entre les épaules. Ses yeux étaient devenus grands dans l'expectative d'entendre un inconnu faire la liste de ce qu'elle avait posé en secret dans la boîte avec Alfred une dizaine d'années plus tôt.

«Une violette...» son visage s'affaissa légèrement.

«... un petit chapelet qui brille dans le noir...» sa bouche s'entrouvrit. Sa lèvre inférieure tremblait.

«... et tu portais ce jours-là un chandail des 'Back Street Boys' avec une tache de peinture jaune moutarde derrière la manche gauche.»

Elle s'élança soudain vers la porte de la cuisine pour voir si la petite sépulture avait été déterrée, puis revint lentement au centre de la pièce, les épaules affaissées, consciente de la futilité de son geste.

Voilà! Sa coopération était essentielle, et Balthazar avait joué le tout pour le tout. Elle pourrait aussi bien s'enfermer dans le mutisme le plus impénétrable, s'enfuir de lui en criant «Au secours!», ou bien comprendre qu'elle avait enfin dans son camp un allié puissant.

Elle éclata en sanglots.

«J'ai p-p-peur!» s'exclama-t-elle, en s'élançant dans les bras du limier spirite. Balthazar fut un peu surpris. Jamais un des Hells Angels qu'il avait jadis interrogés n'avait fait ça avant de passer aux aveux!

Bingo, comme le dirait ce cher Gaspard.

Une fois calmée, Lorraine retourna mollement à sa chaise et coopéra volontairement. Elle avait assisté à une cérémonie satanique qui s'était déroulée dans un cimetière du voisinage avec deux autres adolescents qu'elle ne connaissait que vaguement. L'instigateur en avait été un certain Dany Fléchette, un gothique 'beau comme un cœur' âgé de dix-neuf ans qui, lui, allait au collège. Ils s'étaient installés sur une vieille tombe dans un cimetière avoisinant, allumé quelques chandelles, et Dany avait suivi un rituel au cours duquel une colombe achetée pour l'occasion avait été sacrifiée, au profond dégoût de Lorraine. Une plume de l'oiseau avait ensuite été remise à chacun des participants pour qu'ils l'utilisent pour écrire leur nom sur un bout de parchemin avec le sang de l'animal sacrifié. Le parchemin fut ensuite brûlé sur l'autel et les plumes leurs avait été redistribuées par l'officiant dans des enveloppes noires. Elle n'avait jamais repris contact avec Dany ou les autres participants, jugeant qu'ils étaient beaucoup trop heavy à son goût.

Puis elle n'avait plus repensé à cette enveloppe.

Ils entendirent résonner la clochette de la porte avant.

«Le rituel. Qu'était-il supposé accomplir?»

La jeune fille baissa les yeux une fraction de seconde, peut-être craintive de la réaction de Balthazar.

«Pour la chance. Nous étions supposés être tous plus chanceux dans la vie après le rituel. Ça n'a pas marché.» dit-elle doucement, soupirant entre ses lèvres serrées.

«Tu te souviens de la date du rituel?»

«Oui, facile. C'était le soir de l'Halloween.»

«Et à quel moment les manifestations dans ta chambre ont-elles débuté? »

«Un peu avant le temps des fêtes, environ un mois après tout ça, je pense... j'ai été malade.»

Madame Bourbonnais entra dans la cuisine sur la pointe des pieds avec un carton de pizza sous le bras, s'empara de quelques verres qu'elle posa sur le carton, de quelques ustensiles à partir d'un tiroir, d'un bidon de boisson gazeuse du réfrigérateur et s'éclipsa comme elle était entrée.

«Tu a fait une gastro-entérite le lendemain de la cérémonie et les manifestations ont ensuite débuté quelques semaines après?»

«Oui, ça ressemble à ça. » Puis elle eut un air songeur et devint un peu pâle. « Vous croyez que la plume...? » Balthazar était devenu un 'vous', maintenant.

«Hmm-mm.» Acquiesça Balthazar. «Est-ce que le foyer du salon fonctionne?»

«Oui. On a recommencé à l'allumer la semaine passée. Le soir. J'aime ça.»

«Tout le monde aime ça, un bon feu de foyer. Dis moi, où as-tu rangé la plume?»

Évidemment, Balthazar connaissait à l'avance la réponse à sa question, mais il pariait qu'elle ne s'en souviendrait pas. En effet, elle sembla fouiller sa mémoire, sans résultat.

«C'est vraiment bizarre, mais je ne m'en rappelle pas du tout. Quelque part dans ma chambre» fit-elle, étonnée. Il est naturel d'oublier des choses, mais cette enveloppe était lourde de maléfices et Balthazar suspectait qu'elle pouvait d'elle-même se faire oublier.

«Vous voulez que j'aille la trouver?» fit-elle en se levant à moitié. Elle espérait visiblement que Balthazar répondrait par la négative.

«Surtout pas! Je m'en charge, avec ta permission bien sûr. » Elle acquiesça de façon très emphatique, soulagée de ne pas avoir à confronter l'objet, au point même de laisser un étranger envahir son sacrosanctum.

«Va demander de ma part à ton père d'allumer immédiatement un bon feu, je te prie, puis restez tous ensembles dans le salon. Il y a là de la pizza qui t'attends...»

Balthazar sentit naître dans son estomac un nœud d'appréhension à ce qu'il allait maintenant devoir faire.

Lorraine courait au salon alors que Balthazar empruntait le corridor pour se rendre à l'escalier. Lorsqu'il attaqua la première marche, un profond état de dépression s'abattit soudainement sur lui. Trop soudainement pour ne pas être le fruit d'un agent externe. Il lui était soudain devenu pénible de gravir les marches; ses jambes semblaient peser cent kilos et on aurait dit qu'une force le tirait vers l'arrière. Il arriva au deuxième épuisé et fut forcé de poser un genou au sol pour souffler et reprendre des forces. Il prit quelques bonnes respirations et se racla la gorge pour s'assurer que sa voix puisse sembler aussi normale que possible.

«M Bourbonnais. Est-ce que le feu est parti?» lança-t-il par dessus son épaule dans l'escalier derrière lui.

«Oui. Ça commence à prendre.» vint la réponse à partir du salon. «Une chance que j'ai acheté du bois sec et du...»

Il le laissa continuer seul son exposé. Balthazar se mit péniblement à franchir les quelques mètres le séparant de son but comme s'il avait marché une centaine de kilomètres pour s'y rendre. Appuyé contre le chambranle de la porte, il vit l'objet spolié qui l'attendait sur le tapis parmi les effets personnels de Lorraine répandus. Il avait l'impression de brûler comme une chandelle, ses maigres réserves d'énergie le quittant comme le sable dans un sablier.

«Un simple objet ne peut être possédé du démon», se répétait-il sans cesse depuis qu'il avait entrepris la première marche de cet interminable escalier. Mais un objet pouvait cependant être chargé de maléfices. C'étaient ces puissants maléfices qui le faisaient se flétrir ainsi. Une simple enveloppe noire contenant un plume d'oiseau sacrifié et ses forces vitales le quittaient à une vitesse alarmante.

Il fit un pas d'enclume dans la chambre vers la chose sur le tapis. Le plancher craquait de façon alarmante sous son poids décuplé. Deux pas. Il entendit un clou du plancher se briser net, comme une décharge de pistolet dans un endroit clos.

Le plus doucement possible, il posa un genou à terre et étendis le bras pour saisir l'enveloppe. Elle se mit d'elle même à glisser rapidement, fuir vers l'ombre qui régnait sous le lit. Balthazar s'élança à plat ventre sur le tapis, redoutant surtout qu'elle ne trouve sanctuaire dans les ténèbres, son domaine.

La maison protesta de toute sa structure l'impact de son corps au sol. Il entendit une vitre se briser dans son cadre, le plancher geindre. Du plâtre tomba du plafond pour bondir sur le tapis devant son nez.

Sa main droite manqua d'agripper l'objet corrompu de peu. Sa main gauche l'épingla alors qu'il allait disparaître dans l'obscurité.

Le violent impact au sol de son plexus solaire lui avait totalement coupé le souffle. Il avait l'impression paniquée que les parois de ses poumons s'étaient collées ensembles. Balthazar se retourna péniblement sur le dos en ahanant, l'air sifflant dans sa gorge, cherchant désespérément à amener de l'oxygène dans sa poitrine tout en réprimant la panique, serrant la chose-enveloppe de toutes ses forces, et parvint peu à peu à reprendre une respiration normale. Des étoiles serpentaient dans sa vision alors qu'il contemplait la craque fraîche au plafond de la chambre. Les étoiles disparues, il ramassa le reste de ses énergies pour finir ce qu'il avait entrepris.

À quatre pattes, il se rendit lentement à l'escalier avec l'enveloppe noire serrée dans son poing. Elle était tour à tour froide, sèche, trempée, chaude et visqueuse. Balthazar tentait d'ignorer qu'il sentait quelque chose se tordre à l'intérieur. Les effluves de mal émanant de ce talisman maudit l'attaquaient à deux niveaux: le front temporel et le front spirituel de son extra sensibilité. Des idées noires, des odeurs nauséabondes, des vagues d'horreur et d'obscènes visions d'enfer se succédaient à tous les niveaux de sa perception. L'escalier se tordait en vilebrequin devant lui, sa tête tourbillonnait. L'espace de quelques secondes, il lui sembla qu'un boa constricteur lui étreignait le bras, lui arrachant un gémissement de douleur. Il dût se concentrer pour ne pas lâcher prise ou regarder.

Balthazar se mit tant bien que mal en position assise sur le palier, saisit fermement la rampe de sa main droite et descendit ainsi les marches une à une en tenant l'enveloppe en l'air au bout de son bras gauche, le plus loin possible de son regard. Chaque marche représentait une étape de l'agonie de son âme. Chaque marche faisait exploser une vision d'une des innombrables facettes de l'enfer, une preuve de la futilité de son être, de l'impossibilité qu'il ne connaisse jamais la paix sans mettre fin à ses jours. Les dents serrées, Balthazar devait résister. Il avait toujours résisté.

Telle était sa nature.

Il réussit péniblement à se remettre debout en bas de l'escalier et se dirigea en titubant vers l'entrée du salon en tenant l'objet spolié devant lui, évitant toujours de le regarder directement. Étourdi, vidé, Balthazar s'appuya contre l'arche du salon l'espace d'un moment.

Aussitôt que M Bourbonnais le vit, il se mit à vomir violemment. Mme Bourbonnais émit un cri évoquant un porc égorgé et s'évanouit promptement, roulant lourdement au sol. Le petit chat s'éclipsa sous le divan et Lorraine s'enfuit en hurlant par la porte d'en arrière. Bujold avait disparu.

À trois mètres du foyer, l'enveloppe prit feu d'elle-même dans sa main.

La douleur était intense, mais il ne lâcha pas prise. Il se força à marcher avec plus de précautions que de hâte vers les flammes. Ce n'était plus le temps de faiblir, trébucher, tomber, échapper. Il serrait les dents, son visage ruisselant de sueur.

'Illusions! La douleur, l'odeur de ma chair brûlée ne sont qu'illusions.' se répétait-il sans cesse. Il résista même à l'impulsion de changer l'enveloppe de main pour atténuer la douleur.

Balthazar tomba à genoux devant le grillage de l'antre et en tira le coin supérieur vers lui, plongeant son bras gauche dans l'ouverture. La plume blanche avait réussi à déchirer un coin de l'enveloppe et était sur le point de s'en échapper. Il expédia d'un ferme coup de poignet le tout dans les flammes, retirant prestement son bras pour pousser des deux mains le grillage contre les briques de la face de l'antre comme s'il venait d'enfermer un serpent vénéneux enragé dans son vivarium.

La plume et l'enveloppe vinrent se coller au milieu du grillage, frémissant à quelques centimètres de son visage. Puis toutes deux explosèrent en flammes avec un 'woush' creux, comme si elles avait préalablement été trempée dans de l'acétone. En quelques secondes, elles furent réduites à quelques petites braises éphémères qui virevoltèrent un peu en allant mourir sous les bûches dans les cendres accumulées.

«Vade retro, saloperie...» grogna Balthazar, de sa voix devenue rauque.

Il roula sur le dos, poussant un long soupir, fermant les yeux. C'était fini. La tension 'tectonique' qu'il avait si clairement ressenti dans la chambre s'était volatilisée. Il ne restait plus dans cette maison qu'une vague présence bienveillante.

Soulagé, il se remit péniblement sur pied, attrapa son sac au passage, et se dirigea avec lassitude vers le fauteuil dans lequel il se laissa tomber sans cérémonie.

Balthazar n'eût aucune difficulté à trouver une canette de bière dans son sac.

Il inspecta sa main. Intacte, à part quelques poils roussis à l'endos par les flammes du foyer. Illusion. Saloperie.

M Bourbonnais s'était remis de sa violente réaction. Il cala un coussin derrière la tête de sa femme après s'être assuré qu'elle allait bien et il vint s'écraser à son tour sur un fauteuil voisin. Balthazar lui offrit une cannette de bière, qu'il refusa emphatiquement. Il était effectivement encore un peu vert.

«C'est quoi que vous teniez dans votre main? Je n'ai jamais vu une chose aussi... dégoûtante.» Pour un instant, il eut l'air de vouloir recommencer à être malade.

«Décrivez-la moi. Si vous vous en sentez capable, bien sûr.»

«C'était... je... je ne peux même pas. C'était trop laid! » dit-il doucement en secouant la tête, à la fois troublé et mystifié.

«Exactement.» Balthazar avait baptisé ce phénomène 'Effet Lovecraft'. L'esprit humain ne possède aucun référent pour appréhender ce qui vient d'Ailleurs, un Ailleurs qui a peut-être une géométrie complètement différente, possède peut-être même plus de trois dimensions visibles. Essayez donc de décrire un tesseract pour voir. L'effet Lovecraft était la raison pour laquelle il s'était bien tenu de regarder l'enveloppe lorsqu'il la tenait dans sa main.

«Bujold a eu une urgence spirituelle?» s'enquit Balthazar.

«Aucune idée. Il est parti lorsque vous avez fait
'boum' en haut. Sans un mot... il n'a même pas touché
à sa pointe de pizza!»

«À qui appartenait cette superbe Valiant qui est
entreposée dans votre garage?»

«Mon beau-père. C'est lui qui l'avait restaurée. Il
est décédé peu après notre mariage. On n'a jamais su
quoi faire avec. On la garde par... respect.»

«Noyé?» Bourbonnais parût surpris d'entendre Balthazar le dire.

«Noyé, oui. Il y a presque vingt-cinq ans de ça. Un
jour d'orage, il a manqué un pont dans une courbe et
son auto a plongé dans une rivière.»

«Quelle sorte d'homme était-il?»

Bourbonnais eût un sourire chaleureux à son souvenir.

«Alban? Alban était toujours gentil avec tout le
monde. Il pouvait tout faire, et il s'intéressait à tout, il
guérissait des oiseaux blessés et ramassait des chats ou
des chiens abandonnés. Il a bâti lui-même cette maison
en revenant de la deuxième guerre. Ma femme m'a dit
qu'il lui arrivait quelquefois d'avoir des prémonitions,
des choses comme ça. Il était un peu comme vous pour
ça. Vous, c'est la bière mais Alban, c'était son cognac.

Un grand verre tous les soirs avant d'aller se coucher.»
Il fit mine de lever un ballon de cognac en salutation.

«'Gegen die geister!' qu'il disait toujours. Ça veut
dire...»

«'Contre les fantômes'. Je connais. C'est un bon
toast; très approprié à des gens comme lui et moi. Quel
était son nom?»

«Ostiguy. Alban Ostiguy.»

Balthazar brûla ce nom dans sa mémoire, l'ajoutant
à une liste malheureusement courte qu'il avait trans-
portée avec lui toute sa vie. Sa liste d'anges.

«Où a-t-il été enterré?»

«Il a choisi la crémation.» fit M Bourbonnais et
nomma le cimetière et lui transmit quelques indications pour y trouver le columbarium.

«Il veille sur vous tous, vous savez? Alban Ostiguy,
votre beau-père, était un 'canal de grâce'. Un vrai,
celui-là.» Les objets lancés, Bujold défenestré, la vision
du lac, le manège spirite, les meubles bondissant: tout
ça c'était ce Alban qui parlait de la plume ensorcelée à
sa manière, tout en protégeant Lorraine de ses effets.

Pour toute réponse, M Bourbonnais baissa les yeux.
Que ce profond sentiment de culpabilité venait chez lui
de refaire surface ne faisait aucun doute. Balthazar
avait maintenant la certitude que M Bourbonnais en
avait fini avec sa crise spirituelle et que cette expé-

rience avait fait de lui une personne plus réfractaire à la duperie.

Une chose de réglée.

«Maintenant, il faut faire le nettoyage. Où se trouve le 'temple' de Bargeault?»

«Bujold.» Bourbonnais lui donna une adresse et des indications.

Balthazar passa son manteau et émergea de la maison. Un gros camion livrait des meubles à la maison d'en face. Les autos de Gaspard et de Bujold étaient disparues. Il appela Gaspard sur le cellulaire. Celui-ci ne répondit qu'après six sonneries. Quelque chose n'allait pas...

«Gaspard! Où est-tu?»

«Pas bien loin. Tu avais raison, Boss. Le Pape décolle en cowboy. Il m'a passé sous le nez et j'ai vu la fille dans son auto. J'ai décidé que c'était pas catholique et j'ai voulu le suivre, mais un gros camion est venu me bloquer. Je les ai perdus...»

«Ça ne fait rien, Gaspard. Je crois savoir où ils vont. Viens me chercher.»

«Dix quatre, Boss.»

Moins d'une minute plus tard le camion était parti et la vieille Mercedes de Gaspard arrêta devant la maison et décolla à toutes vitesse avant même que Balthazar n'ait pu complètement refermer la portière. Balthazar lui indiqua le chemin pour se rendre au marché aux puces et lui fit part des événements. Il lui donna aussi une description de l'auto sport que conduit Dany qui lui avait été fournie par Lorraine.

«Mais, pourquoi prendre la fille?» demanda Gaspard, enfreignant avec aise au moins trois règlements de la circulation en même temps.

«Demande plutôt: pourquoi la fille a-t-elle été avec lui? Elle ne semblait pas le porter dans son cœur, pourtant. Ça doit être en rapport avec ce Dany.»

Ils attendaient un feu rouge à une intersection achalandée lorsque Gaspard se raidit et fixa son rétroviseur.

«Le v'là.» fit-il simplement, incrédule.

Balthazar se retourna et vit une auto qui ressemblait énormément à celle de Bujold qui s'était arrêtée toute croche à l'intersection derrière eux avant d'avoir complètement terminé son virage. Bujold, si c'était bien lui, avait repéré le taxi de Gaspard et avait appliqué les freins, ne sachant plus que faire. Puis le chauffeur sembla prendre une décision et l'auto se remit en mouvement, s'approchant sur la voie à droite du taxi. Lorraine était assise sur la banquette arrière, immobile, les yeux fermés. Bujold, le visage absolument impassible, passa le bras par sa fenêtre ouverte.

Balthazar lâcha un cri d'avertissement à Gaspard alors que la première balle transforma sa fenêtre en une masse opaque. Ils se blottirent dans l'espace sous

le tableau de bord, serrant les dents alors qu'une dizaine de balles furent tirées en rapide succession dans
la grosse et vénérable Mercedes de Gaspard. Balthazar
entendit un long crissement de pneus torturés et se
releva à temps pour voir la Cadillac de Bujold brûler le
feu rouge et foncer entre les autos qui filaient à vive
allure dans l'intersection. Le chauffeur d'une petite
Japonaise l'évita de justesse mais perdit le contrôle. Il
sembla un moment qu'il allait frapper la Mercedes de
plein fouet et Balthazar campa ses deux pieds contre le
tableau de bord, mais elle percuta plutôt le véhicule
devant eux et s'immobilisa.

«Mon CHAR, tabarnac!» s'exclama Gaspard en se
relevant de sous le tableau de bord. Il jeta un coup
d'œil à Balthazar, son regard celui d'un lion enragé.
Son képi était de travers, avait fait un quart de tour
sur sa tête et la visière se retrouvait maintenant au
dessus de son oreille gauche, comme s'il imitait un ado-
lescent. Balthazar pointa sa propre tête pour le lui in-
diquer, réprimant un assaut d'hilarité auquel la tension
des dernières secondes n'était pas étrangère. Gaspard
enleva et inspecta son képi. Une des balles avait creusé
un sillon horizontal dans la visière.

«Mon CASS, tabarnac!» L'imposante mâchoire de
Gaspard s'avança d'au moins un pouce, un signe infail-
lible que ça allait aller très mal pour quelqu'un, et il
empoigna le bras de vitesse d'un geste brusque. Gas-

pard, un blasphémateur connu, comme beaucoup d'hommes de sa génération, se refusait de le faire en présence de Balthazar. Pas plus qu'il n'acceptait de le tutoyer. Mais quelquefois, sous le coup de l'émotion...

«Un instant. Il faut que j'aille voir si quelqu'un a besoin de premiers soins. Appelle une ambulance en attendant.» dit Balthazar en sortant du taxi dans une cascade de petites pépites de vitre brisée tombant de son manteau.

Gaspard vit son compagnon aborder l'auto Japonaise et disparaître jusqu'à la taille par la fenêtre du conducteur. Puis il entendit un long hurlement de douleur. Balthazar revint prendre place à ses côtés en s'essuyant du sang des mains avec son mouchoir.

«Rien qu'un nez cassé. Je l'ai remis en place avant qu'il n'enfles. C'est mieux comme ça. On y va avant que la police arrive.»

«Avec joie, Boss.» grogna Gaspard en embrayant en renverse. «T'as aucune idée de c'que j'va lui briser, moi, au p'tit Pape. M'en va l'faire souffert, pis après sera pas possible de le rabouter, garanti.»

Le taxi franchit l'intersection et frôlait maintenant les cent kilomètres heure alors que Balthazar défonçait ce qui restait de la fenêtre de porte ruinée en demandant à Gaspard:

«Ta nièce est toujours cadre au ministère de l'éducation, n'est-ce pas?»

Gaspard faisait de même de son coude sans que ses yeux ne quittent la route. Par bonheur, le pare-brise était intact.

«Ouais. Elle dit qu'elle a finalement appris à éviter ses incompétents de patron pour mieux pouvoir réparer leurs conneries. En attendant, elle tire un bon salaire. Tant mieux pour elle, t'sé?»

«Il est possible qu'elle pourrait avoir accès aux banques de données à partir de chez elle. Lorsqu'on sera rendus, essaie de la rejoindre et demande-lui des détails sur Dany ou Daniel Fléchette ou Fréchette, environs dix-neuf ans. Son adresse, le nom de son collège, tout ce que tu peux trouver. Ensuite, il faudrait que tu utilises tes contacts dans la police pour obtenir toutes les informations possibles à son sujet. Ceci est d'une importance capitale, mon ami.» Gaspard avait quitté la police en bien meilleurs termes avec eux que Balthazar.

«Je vais faire de mon mieux, mais on est samedi. J'espère qu'au moins un de mes contacts sera disponible. J'imagine que tu veux ça tout d'suite, Boss?»

«Non. Pour avant-hier, en fait.»

«OK, Boss.»

Il était sept heures du soir et la nuit tombait lorsqu'ils arrivèrent au centre commercial. Samedi soir. Ils traversèrent lentement l'interminable aire de stationnement déserte. En arrière, au fond d'un très grand terrain vague, une large enseigne illuminée au néon annonçait un 'MARCHÉ AUX PUCES'. Le temple des 'Les Prophètes de l'Aurore du Capharnaüm' était au deuxième étage de ce large édifice sombre et trapu, peut-être un ancien centre sportif, sous un toit en forme d'accent circonflexe échancré. Gaspard s'était activé sur son cellulaire en conduisant et avait confirmé que ni la police, ni le système scolaire n'avaient entendu parler d'un Dany ou Daniel Fléchette ou Fréchette; le seul répondant à une approximation de ce nom était âgé de soixante-dix ans et avait élu résidence dans un pénitencier fédéral une trentaine d'années plus tôt. Lorraine avait peut-être présumé qu'il était au collège parce qu'il avait dix-neuf ans.

Il recommençait à neiger dru alors que Gaspard franchit le stationnement désert du marché aux puces en dérive contrôlée, semblant vouloir s'amuser un peu pour faire passer sa colère, les pneus arrière lançant des panaches de neige collante. À l'issue d'une longue glissade de côté, il fit s'immobiliser le taxi devant la porte principale, parallèlement à la façade de l'édifice. Balthazar était encore en train de tenter de boucler sa ceinture de sécurité alors que Gaspard lui ouvrit la portière.

«We are arrived, Boss.» annonça Gaspard en esquissant un petit salut militaire, peut-être un peu fier de sa flamboyante conduite automobile. Il n'était jamais venu lui ouvrir la portière auparavant.

«Have arrived, Gaspard. Merci.» fit Balthazar en sortant du taxi après avoir récupéré son sac de cuir brun.

«Ouatèveur...» fit Gaspard en haussant les épaules.

Balthazar laissait de noires empreintes dans la neige nouvelle en franchissant la douzaine de pas le séparant du portique de l'édifice.

Un autocollant avertissait que la porte principale était protégée par un système de sécurité relié à une centrale. Peut-être était-ce bidon, mais pourquoi prendre un risque?

Bon. Une porte arrière, peut-être?

Balthazar contourna la structure et trouva un long escalier de fer menant au second étage, ainsi que le véhicule de Bujold et une auto sport, celle de Dany. Prenant grand soin de ne produire aucun son, il grimpa au palier supérieur. La serrure de la grande porte coupe-feu métallique lui semblait accueillante et aucun signe d'un dispositif d'alarme n'était visible. Il est ridicule de n'en installer que sur un seul des accès à un immeuble, mais plus fréquent que l'on ne pourrait l'imaginer.

Le sort en était jeté.

Il extirpa deux fins objets cachés entre les coutures de son portefeuille. Il introduisit le premier, puis le deuxième des minces pics de cambrioleur dans le trou de serrure, les faisant jouer d'avant en arrière jusqu'à ce qu'il obtienne un 'snic' satisfaisant. Balthazar tira lentement vers lui la poignée de la porte.

Les gonds produisirent un grincement d'enfer malgré ses précautions. Bon. Il avait perdu l'avantage de la surprise. Aussi bien foncer. Il fit un pas dans l'obscurité.

Un bataillon du Ku Klux Klan, vêtu de longues robes et de cagoules pointues, l'attendait à l'intérieur de l'édifice en rang serrés.

Puis, ses yeux s'acclimatant à la pénombre, il réalisa que les robes et les cagoules étaient suspendues à des crochets au mur du couloir sombre dans lequel il venait de faire intrusion. Il actionna sa puissante petite lampe de poche.

À sa droite, le couloir se terminait en cul-de-sac. Balthazar emprunta donc le couloir vers la gauche. Les robes cérémonielles ressemblaient beaucoup à celles du Klan, mais le symbole cousu sur la poitrine était celui qu'avait brandi Bujold. Est-ce que le Klan donne maintenant des ventes de surplus?

Tandis que Balthazar avançait dans la pénombre, Gaspard était venu inspecter lui aussi l'arrière de l'édifice. Il reconnût l'auto sport de Dany et fut pendant une seconde tenté de vider son barillet dans le moteur. Il sortit plutôt son couteau à ressort et 'fit souffert' les quatre pneus à la place, imaginant à chaque coup de lame qu'il faisait à Dany une trachéotomie à sa manière.

Arrivé au bout du couloir, Balthazar entra par le fond d'une une grande pièce aux murs de grises brique de béton dont la peinture beige s'écaillait par endroits, s'élevant vers la structure intérieure du toit. Les projecteurs du stationnement du centre d'achat illuminaient par réfraction le grand espace d'une lueur alliant le safran au brun. Des piles ordonnées de chaises métalliques pliées couraient à droite le long du mur, continuant le long de la rampe d'un large escalier sombre menant vraisemblablement au marché aux puces de l'étage inférieur.

Une grande plate-forme occupait le fond de la pièce, sur laquelle se trouvait un autel. Derrière cet autel, de grandes fenêtres du genre que l'on retrouve dans les usines, devant lesquelles était accroché un gros symbole de la secte des 'Prophètes de l'Aurore du Capharnaüm'.

Deux lettres 'C' dont celle de gauche était inversée et enchaînée à l'autre pour former un vague motif de croix penchée de côté, comme une version tordue du logo de la maison Chanel. Manque d'imagination. C'était justement plutôt un mauvais logo, vaguement cruciforme, qu'un symbole religieux.

Sur l'autel, il y avait une forme humaine. Lorraine, étendue, immobile.

Au milieu de la grande salle, Bujold était couché sur le ventre pieds nus, lui aussi immobile et les yeux fermés, les bras étendus vers l'autel. Il portait son costume de pape, la lourde mitre au sol à quelques centimètres de son front. Il avait un peu l'air d'une sculpture funèbre du moyen âge : un gisant retourné à plat ventre.

Une vingtaine de pas amenèrent Balthazar jusqu'au gisant.

Son pouls semblait plutôt lent mais normal, bien que sa peau était un peu trop froide. Balthazar le sentait inconscient ou comateux. Impossible de dire avec plus de précision. Personne ne pouvait feindre cet état cependant, projeter cette aura d'absence.

Pas avec Balthazar, en tout cas.

«Balthazar! Quelle sorte de nom est-ce que c'est que ça, Balthazar?» dit une voix puissante et rauque derrière lui, dégoulinante de mépris.

Il se redressa lentement et fit volte-face. Dany Fléchette était debout sur l'autel, vêtu de cuir noir comme pour aller courir les discothèques. Il était très grand et mince, possédait un faciès effectivement 'beau comme un cœur' si on entretenait un idéal de la beauté masculine qui n'avait pas grand chose de masculin. Comme tel, il n'y avait rien de menaçant dans son apparence et son expression, rien qu'un air de triomphe arrogant.

«Chrétien.» répondit simplement Balthazar. Dany Fléchette semblait effectivement être maquillé, mais cet effet ne tenait du fait que ses cheveux étaient blonds et que par contraste ses sourcils et ses cils étaient naturellement noirs, très longs et opulents. Ses yeux étaient d'une couleur pâle, verts ou bleus, difficile à dire dans cette lumière diffuse, et l'effet général donnait à son regard quelque chose d'énigmatique.

Dany Fléchette avait l'air d'une caricature de... Dany Fléchette.

«Que voulais-tu faire avec cette fille? Pourquoi s'en prendre à elle?» lui demanda Balthazar. Fléchette sauta en bas de l'autel. Balthazar eut l'étrange impression que le parcours de Dany vers le sol n'avait pas été assez rapide pour être naturel.

«Cette jeune fille nubile et vierge? Mon maître arrivera d'un moment à l'autre. Tu lui demandera toi-même.»

Balthazar n'eut pas de de difficulté à comprendre le rôle que Lorraine était maintenant sensée jouer. Son corps serait utilisé comme couveuse d'un démon, puis jeté aux rebuts. Dany avait tout probablement vu le jour de la même manière.

«Balthazar... Balthazar... Ce nom se doit d'être accompagné de celui d'un saint, n'est-ce pas? Quel est ton autre nom?» demanda la carte de mode en s'appuyant sur une hanche, un index sur la joue; inquisiteur mais détaché. Poseur. Que voulait dire cette histoire de nom? C'était tout comme si c'était lui qui tentait de l'exorciser.

Abandonné une nuit d'hiver sur les marches d'une crèche, Balthazar y fut découvert au petit matin par une bonne sœur d'origine Acadienne à qui retombait de facto le fardeau de lui trouver un nom. Pressentant peut-être pour l'enfant abandonné une vie de solitude, elle le nomma Balthazar Landry selon le héros de la légende Acadienne.

«Denis...» répondit Balthazar. Un mensonge prudent. Comme tous les autres qui ont été baptisés selon le rite catholique, son nom était Joseph François Balthazar Landry; François pour Saint François d'Assise.

La réaction de Fléchette fit trembler l'édifice miteux en entier sous ses souliers trempés. Le jeu futile était terminé.

«MENSONGE! MENSONGE! MENSONGE!» hurla-t-il d'une voix d'une puissance inhumaine. De la poussière et du sable accumulés jaillissaient des joints entre les tuiles de linoléum usées du plancher sous l'onde de choc de chaque syllabe. Des chaises de métal tombèrent du haut de leurs piles avec fracas. Des écailles de peinture se détachèrent des mur et virevoltèrent au sol comme une pluie de beiges papillons.

Dans le silence qui suivit, Balthazar entendis leur faible cliquetis alors qu'elles touchaient le sol. Fait inquiétant, les pieds de Dany Fléchette avaient quitté le sol de quelques centimètres en tonitruant ces trois mots.

Balthazar comprit qu'il ne tirerait rien de lui. Fléchette n'était pas rien qu'un possédé. La puissance qu'il démontrait faisait de lui un suppôt volontaire de son démon. Tenter exorcisme serait inutile, du moins pour un novice tel que lui. Il leva lentement son sac pour en extraire son crucifix.

Le visage de Dany devient tout triste, comme si une personne aimée l'avait profondément blessé.

«Il y a un crucifix là-dedans? C'est tellement... agressif de ta part.»

Il prit une pose roide d'imperium en croisant haut les bras sur sa poitrine et lui tourna presque le dos en susurrant sa sentence par dessus son épaule.

«Tous les mensonges doivent être récompensés.» chantonna-t-il d'un air léger, détaché.

Un choc brutal à la nuque de Balthazar le fit tomber à genoux. Un autre au milieu du dos lui fit embrasser le plancher. Il rassembla ses membres tant bien que mal pour tenter de se relever, regardant derrière lui. Bujold venait sur lui d'un pas d'automate, le poing relevé en arrière pour le frapper au visage. Ses yeux étaient fermés, ses paupières lourdes de sommeil mais ses joues étaient écarlate. Son large poing crispé s'abattait à nouveau.

Balthazar roula sur lui-même et réussit à trouver ses jambes juste à temps pour éviter le prochain coup. Il se mit à courir à reculons quelques pas devant le pseudo pape qui avançait, vit Dany du coin de l'œil qui maintenant trépidait sur l'autel comme un spectateur à un match sportif. Balthazar redoutait d'être bientôt acculé au mur de ciment.

Sur l'autel, Lorraine s'était réveillée et regardait autour d'elle, confuse. Balthazar suspectait que Dany avait été forcé de relâcher son emprise sur elle pour activer Bujold parce que celui-ci semblait en quelque difficulté. Mais de toutes façons ceci voulait dire que Bujold était simplement possédé et que Balthazar ne pouvait donc pas en bonne conscience utiliser son pistolet pour lui faire profiter d'une bonne infusion de plomb.

«Sauves-toi Lorraine! Gaspard t'attends dehors. Vite !» cria Balthazar.

Bujold lui adressa une séquence rapide de trois ou quatre coups de poing. Le premier frappa son épaule et les deux ou trois autres le vide alors que Balthazar s'élança de côté, reculant toujours vers le fond de la salle. Balthazar était parfaitement éveillé. Il passait presque tous les jours de sa vie entre un état de demi somnolence et l'effort routinier de rester éveillé, mais plus maintenant.

Les yeux de Bujold, par contre, étaient placidement fermés. Balthazar constata que son visage était devenu écarlate de tout l'effort qu'il déployait. Il comprit que Dany était les yeux et le cerveau de Bujold, et Balthazar se positionna donc de façon à ce que Bujold le cache à la vue de Dany. Lorraine avait disparue.

Dany se mit à vociférer sa frustration alors que Bujold frappait maintenant sans pause, n'importe où. Le visage de Bujold était devenu écarlate, contrastant avec ses traits toujours posés, comme s'il dormait.

Pas à pas, comme un bateau à voile remontant un vent contraire, Balthazar reculait en amenant Bujold avec lui légèrement en diagonale vers les piles de chaises métalliques.

Lorsqu'il lui lança une chaise pliée au visage, Bujold ne broncha pas. Dany arrivait en courant, longeant le mur opposé de la salle pour avoir une meilleure vue de sa proie.

Le coup de poing de Bujold qui suivit, bien visé cette fois, faillit lui casser le nez. Profitant du recul, Balthazar planta son talon de toutes ses forces dans le plexus solaire de son adversaire. Bujold tomba à la renverse et se releva immédiatement, de façon totalement anormale, comme le pantin qu'il était devenu. Sa respiration était stertoreuse et ses lèvres prenaient une teinte bleuâtre.

Dany esquissa un geste en arrière-plan, mais son guignol ne répondait plus. Le bras gauche du charismatique se dressait tandis qu'il émettait des sons de suffocation ou de douleur. Il s'affaissa à genoux. Une pile de chaises déstabilisée s'effondra sur Bujold alors que Balthazar agrippa la rampe de l'escalier menant au marché aux puces et sauta par dessus, se projetant dans le vide.

Il atterrit au milieu des marches de béton sans se briser une cheville, alors que des chaises métalliques commençaient à pleuvoir sur lui. Il descendit dans la pénombre du rez de chaussée et s'élança dans le dédale de tables pliantes remplies de marchandises empilées en appelant Lorraine, cherchant désespérément une allée qui menait vers la sortie dans ce fouillis hétéroclite de breloques et de débris qu'il ne serait qu'à peine parvenu à identifier, même s'il en avait eu le temps. Balthazar stoppa en arrivant dans une allée plus large que les autres. Il entendit un profond grondement derrière lui et tourna la tête juste à temps pour lire le mot 'Philco' embossé dans le chrome.

Le massif réfrigérateur monté sur un chariot à roulettes le frappa tel un camion.

Il ressentit un éclair d'atroce douleur à sa hanche gauche, le premier point d'impact avec ce mastodonte de cuisine, puis à l'arcade de l'œil gauche. L'univers se mit à tourbillonner et il atterrit comme une marionnette dans des piles de marchandises, subissant un choc additionnel alors qu'une table s'effondra sous son poids. Lorsque ses yeux réussirent à s'aligner entre eux, il constatait qu'il était étendu sur le ventre dans un amas de livres renversés. Celui qu'il avait tout droit sous les yeux disait 'BOB MORANE'. De grosses gouttes de sang coulant de son visage meurtri tapotaient sur la couverture.

Une botte noire fit irruption dans son champ de vision. Une main l'empoigna par le bras. Avec l'aide de Lorraine, il se releva avec difficulté en s'efforçant d'ignorer la douleur aiguë dans sa hanche et son visage qui enflait d'où le sang ruisselait. Il constata néanmoins que l'impact avec le réfrigérateur l'avait propulsé plus près de la porte d'entrée et Balthazar vit la chaîne et le gros cadenas qui l'interdisait. Système d'alarme, mon œil, se dit-il.

Alors même qu'il inventoriait ses options, un poêle à barbecue frôla son oreille pour aller se fracasser contre le mur. Il se retourna juste à temps pour voir Dany danser d'excitation sur le palier alors que grossissait dans la vision de Balthazar une grosse bonbonne de gaz propane. Il n'eût que le temps d'attraper Lorraine et de se pencher. La bonbonne passa à quelques centimètres de leurs têtes, frappa le mur avec un son de cloche étouffée. Son clapet de sécurité arraché, elle s'élança en tourbillonnant tel un missile sous l'impulsion du gaz comprimé s'en échappant, sifflant à travers la salle, faisant du hachis de tout ce qui se trouvait sur son chemin au ras des tables. Elle alla s'abîmer au mur du fond, bondit presque jusqu'au plafond et retomba au sol, sa charge de gaz vidée. Ce n'était ni plus ni moins qu'un miracle que le propane s'en échappant n'ait pas pris feu.

Balthazar s'élança avec la fille dans l'allée parallèle au mur, se plaçant entre Dany et Lorraine, clopinant de son mieux sans but précis à part que celui d'offrir une cible mouvante. Ceci parut diminuer un peu l'efficacité du tir de Dany. Une patère passa derrière eux comme un javelot et un four à micro-ondes siffla devant eux pour aller démolir une fenêtre. Puis un véhicule-tondeuse à gazon s'anima et vint à leur rencontre à toute allure dans l'allée. Balthazar fit immédiatement demi-tour pour grimper sur une table adossée au mur. Il aida Lorraine à sortir par la vitre qu'avait brisé le micro-ondes, puis se jeta au sol alors qu'une poignée de couteaux de cuisine vinrent s'émousser dans le béton au-dessus de sa tête, puis la suivit, s'éjectant avec soulagement de ce cloacus maximus de la société de consommation devenu dingue. Avant même qu'il n'atterrisse dans la neige à côté de Lorraine, un téléviseur le suivit par la fenêtre pour aller rebondir sur l'asphalte enneigée du stationnement en répandant circuits et éclats de plastique.

Le choc de son bassin meurtri rencontrant l'asphalte lui arracha un cri de douleur. Gaspard venait à lui en jetant de rapides coups d'œil inquiets à la fenêtre béante.

«Hey, p'tite fille! Va t'abriter dans le taxi, ok?» dit Gaspard en l'aidant à se relever. La jeune fille s'exécuta sans se faire prier.

«Elle est bien plus qu'une petite fille, Gaspard. Elle m'a presque soulevé d'une seule main.»

Gaspard se retourna vers Lorraine en riant, brandissant un poing en l'ail.

«Là, tu parles!» s'exclama-t-il.

«Appelle une ambulance s'il te plaît, Gaspard. Bujold semble avoir fait un infarctus au deuxième étage. Est-ce que tu as toujours ton arme?»

Il hocha la tête en activant son cellulaire.

«Toujours.»

«Viens.» geignit Balthazar en se relevant péniblement «Viens, on va aller tirer du suppôt de démon, pour voir si ça fonctionne aussi bien qu'avec les criminels.»

Ils contournèrent le coin de l'édifice et Balthazar fut mystifié de voir Dany s'enfuir en courant du côté d'un grand hangar avoisinant. Gaspard fit part à Balthazar qu'il avait fait une 'cravate Colombienne' aux pneus de Dany.

Sa jambe s'était engourdie et son pistolet se trouvait dans son sac quelque part sur le plancher du temple. Quelque chose lui disait que si Dany contournait le coin de cette structure et disparaissait à leur vue ne serait-ce qu'un seul instant, ils ne l'attraperaient jamais, exactement comme l'aurait fait la vile enveloppe dans la chambre de Lorraine. Cinquante mètres, environs...

«Dans une jambe, Gaspard!» commanda Balthazar. Gaspard fouilla dans son veston et posa rapidement ses lunettes sur son nez.

«Je ne voulais pas dire de le regarder dans une jambe, Gaspard.» ne put s'empêcher de chuchoter Balthazar, souriant malgré lui.

Gaspard lui adressa un regard excédé en relevant la jambe droite de son pantalon pour s'emparer de son revolver Ruger de calibre .38 dans sa chevillière. Il prit la position de tir. Bien que Balthazar ne se soit jamais particulièrement distingué sur un champ de tir, Gaspard possédait cependant ce talent naturel. À l'époque de son service il n'existait pas encore vraiment de section de tireurs d'élite, mais il en aurait assurément fait partie.

Gaspard eut le temps de faire feu deux fois en rapide succession avant que Dany ne disparaisse derrière l'édifice. Avec sa jambe amochée, Balthazar arriva derrière la structure à peine quelques secondes avant Gaspard qui, lui, était ralenti par une ancienne blessure au dos encourue en service.

En arrivant sur place, il lui sembla que la forêt derrière le hangar fut parcourue d'un sombre remous. Balthazar ressentit l'espace d'une seconde la présence d'une chose puissante, puis cette impression s'estompa tout comme le remous qui disparût au loin dans les bois. Une simple rafale?

La deuxième balle avait certainement fait mouche car Balthazar avait vu Dany tressaillir à l'impact, mais aucune trace de sang ne maculait pourtant la neige fraîche. Les empreintes contournaient le coin et se poursuivaient dans le champ. Puis la piste disparaissait subitement au bout d'une quinzaine de mètres... dans un champ vide.

N'en croyant pas leurs yeux, les deux compagnons inspectèrent le sol tout autour des dernières traces. Aucun changement dans le rythme ou la profondeur des empreintes ne laisserait supposer qu'il avait bondi. Et bondi où, de toutes façons? Il l'auraient vu faire si il avait utilisé le subterfuge de reculer dans ses propres traces. Son prochain pas n'était tout simplement pas venu. L'instinct de Balthazar avait dit vrai.

«Y'a pas joué à Tarzan, entécas.» fit Gaspard, la tête renversée pour inspecter la lèvre de la toiture. «La neige au rebord du toit est intacte.» Sans même regarder ce qu'il faisait, il remplaçait tranquillement les cartouches vides de son revolver par de nouvelles, glissant les vides dans sa poche. L'habitude d'une vie...

«C'est comme s'il s'était volatilisé...» Balthazar scrutait le lourd ciel nocturne «... ou avait été emporté par quelque chose comme dans les vieilles légendes.».

Une tache sombre dans les nuages...il vit un objet s'en détacher et tomber sur lui. Il lâcha un cri d'avertissement en reculant maladroitement dans Gaspard, qui le retint par les épaules pour ne pas qu'il tombe à la renverse.

L'objet percuta le sol droit devant eux dans une légère dépression du terrain. Balthazar fit un pas en avant. C'était un corps humain complètement désarticulé, comme si ses os s'étaient liquéfiés. Il ressemblait étrangement à ces condoms usagés qu'il avait souvent vu joncher le sol des fonds de ruelles mal famées lorsqu'il était encore simple policier en uniforme.

Nu, le corps s'était immobilisé dans une position impossible, les jambes pliées à un angle qui était loin d'être naturel. Le haut du torse était tordu vers l'arrière, mais la tête, plate comme un ballon crevé, était tournée vers les nuages. Balthazar posa un genou dans la neige. Chaque centimètre de la peau avait été entaillé; le corps en entier une masse de petites coupures exsangues et béantes.

La mort des mille coupures. La couleur des cheveux ne laissait aucun doute que c'était Dany Fléchette. Il avait appris à ses dépens le prix de l'échec.

Puis les yeux de Balthazar se posèrent sur l'abdomen de Dany et son sang se glaça dans ses veines.

«T'as vu son nombril, Gaspard ?»

Gaspard se pencha en avant, les mains sur les genoux, puis se redressa en vitesse.

«Il... il n'en a pas! Qu'est-ce que ça veut dire, ça ?»

«Ça veut dire que Dany Fléchette n'est né d'aucune femme. Je croyais que c'était rien qu'une superstition, ça. Il faut s'assurer que personne ne le voie.» dit Balthazar en regardant aux alentours, heureux que le corps ait atterri dans une concavité.

«J'pense que j'la conterai même pas à ma femme, celle-là.» fit Gaspard avec finalité en se penchant pour rengainer.

«Pas si tu tiens à préserver ta crédibilité. Mais moi, par contre, je connais quelqu'un à qui je dois absolument la raconter : Patrakis. Avant tout, allons voir dans quel état se trouve Bujold.»

En cours de route, ils furent devancés par une ambulance très ponctuelle qui parcourait le chemin d'accès à vive allure. Le chauffeur les regardait, l'air étonné et inquisiteur. Balthazar et Gaspard pointèrent à l'unisson l'arrière de l'édifice. Par bonheur, le chauffeur élût de contourner la structure par le côté éloigné, et ne vit probablement pas les débris du téléviseur et du four à micro-ondes devant le taxi, ni la fenêtre fracassée.

«Bon. Tu peux pas en vouloir à Bujold parce qu'il n'était rien qu'un illuminé et que c'était Dany et son démon qui le contrôlaient de A à Z. Un scénario maintenant. Bujold a eu un infarctus et est tombé dans une pile de chaises. Je suis un membre prospectif de la secte, tu n'es que le chauffeur du taxi que j'ai pris pour me rendre jusqu'ici. Fait grand cas du fait que tu soit un ancien policier et parles leur 'police' pour qu'ils se sentent en confiance. » Balthazar, encore étourdi, essuya un peu du sang qui coulait de son sourcil avec de la neige et constata que son manteau était déchiré. «Moi, je vais leur dire que j'ai glissé dans l'escalier.»

«Et s'ils demandent ce qu'on fait ici dans le champ?»

C'est vrai, ça...

«Dis que la batterie de ton cellulaire a faibli pendant l'appel d'urgence, et que tu n'étais pas sûr qu'ils avaient bien reçu l'adresse. Par conséquent, nous allions tenter de trouver un téléphone dans l'édifice voisin pour appeler à nouveau.»

«Mais pourquoi y aller tous les deux? Ou ne pas avoir utilisé la radio du taxi?»

«Gaspard... invente quelque chose.» Il sentait sa migraine revenir.

«Dix quatre, Boss.» fit-il, laconique, et il se dirigea de sa curieuse démarche penchée en avant vers l'escalier à l'arrière du marché aux puces.

En arrivant au taxi, Balthazar fut soulagé de voir Lorraine toujours sur la banquette arrière, le visage blafard et les yeux pleins d'effroi. Il lui fit un sourire qu'elle lui retourna, le sien plus hésitant qu'une chandelle par grand vent. Elle abaissa la fenêtre de quelques crans.

«Qu'est ce que j'faisais dans ce dépotoir-là, moi? Où est passé Bujold?» bredouilla-t-elle, abasourdie.

«C'est Bujold qui t'a amené ici, mais tu n'aura plus à t'en faire à son sujet. Moi et Gaspard allons bientôt te reconduire chez tes parents. Tu n'as rien à craindre.»

Balthazar ramassa tant bien que mal les débris du récepteur de télévision et du four micro-ondes éparpillés dans le stationnement et les fit disparaître par la fenêtre d'où ils étaient sortis. Il se servit ensuite de sa clé pour faire avancer le taxi de quelques mètres pour obscurcir les traces dans la neige et les petits débris.

Il appela ensuite le père Patrakis sur son cellulaire.

«Le diable est parmi nous.» dit simplement Balthazar en guise d'introduction.

«Nous sommes soldats de Dieu.» répondit Patrakis.

«Nous sommes soldats de Dieu.» répéta Balthazar avant de lui faire un rapport sommaire concernant Bujold, les Bourbonnais et des indications pour retrouver les restes de Dany Fléchette.

Le père Patrakis lui donna le nom et l'hôpital d'attache d'un médecin cardiologue, un fidèle de l'Église Grecque Orthodoxe, afin que Balthazar les communique aux ambulanciers. Une fois placé sous l'égide de l'Église Orthodoxe, Bujold sera à la fois soigné, psychanalysé, et exorcisé; tous les aspects de sa santé seraient traités en même temps, et cela aussi longtemps qu'il le sera requis.

L'Église Grecque Orthodoxe prend très au sérieux la possession démoniaque.

Balthazar sortait de la maison des Bourbonnais après leur avoir rendu une petite visite pour s'assurer que tout allait bien et les mettre au courant des péripéties de la veille, lorsque Patrakis arriva au volant de sa vieille Volvo. Ils avaient eu une longue conversation téléphonique le matin même durant laquelle Balthazar lui passa les armes de l'affaire, et à l'issue de laquelle Balthazar s'était senti quelque peu déprimé. Il avait l'habitude de mener ses enquêtes à terme. Bien que sa mission première était accomplie et que le problème des Bourbonnais avait été réglé, le culte fantoche démantelé et Bujold neutralisé, Dany Fléchette demeurait une énigme et Balthazar avait dû passer les armes à Patrakis, qui s'occuperait entre autres choses de trouver la trace des autres enveloppes maléfiques.

Il alla à la rencontre du père Patrakis pour s'entretenir avec lui sur le trottoir parsemé de feuilles mortes sous un ciel gris et lourd.

Patrakis était un grand gaillard austère au visage carré et aux cheveux noirs légèrement grisonnants qui avait constamment l'air sur le qui-vive et impatient, ses yeux vifs en perpétuel mouvement. Il ressemblait plus à un mafioso qui sent venir le fer chaud qu'à un membre du clergé. Patrakis était un exorciste chevronné, un vrai.

Balthazar le remercia d'être venu visiter la famille Bourbonnais. Il lui remit aussi un portrait-robot de Dany Fléchette qu'il avait réalisé dans la matinée avec la coopération d'un artiste de la police, ami de Gaspard, et aussi avec l'aide de Lorraine qui semblait avoir trouvé le jeune artiste de la police de son goût. Ce portrait n'était qu'une formalité car ils savaient tous deux ce qui était advenu de Dany.

«Quelle sorte de chose était Dany Fléchette ?» lui demanda Balthazar.

«Si je me fie uniquement au livre de Salomon, il aurait pu être un acolyte de Gaap, ou de Bathin... nous ne le saurons que le jour où nous l'attraperons.»

«L'attraper? La dernière fois que je l'ai vu, il n'avait pas l'air de pouvoir aller nulle part.»

«Nous n'avons qu'une enveloppe.» soupira Patrakis «L'acolyte, lui, est toujours au service de son maître.»

Puis il leva la main comme s'il lançait quelque chose par-dessus son épaule, un geste de futilité.

«Tu sais certainement que l'identification d'un démon est une des étape principales de tout exorcisme.» dit Patrakis, devenu soudain très grave, vrillant Balthazar de son regard intense.

«Oui. L'identifier peut permettre à l'exorciste de le subjuguer.» fit Balthazar, un peu décontenancé par le ton grave de l'exorciste.

«L'identification d'un démon n'a jamais été tâche facile. C'est dangereux. Mais ce travail est maintenant devenu énormément compliqué et hasardeux. Et ça, c'est très grave.»

«Explique, s'il te plaît.» Balthazar sentait qu'il n'aimerait pas ce qui allait venir.

«Il semble apparaître de nouveaux démons, ou peut-être d'anciens démons se sont réveillés, trop anciens pour faire partie du répertoire de la démonologie. Mais moi je crois que ce sont des nouveaux. Et ils sont là.»

Ils levèrent à l'unisson les yeux vers les gris nuages chargés de neige, comme s'ils avaient une chance d'y voir passer Dany Fléchette, écorché, enfourchant un quelconque griffon diabolique. Patrakis reprit:

«Je te donne un exemple: il n'y a jamais eu de démon dont l'office était l'isolation en milieu urbain parce que la solitude à grande échelle est un mal relativement nouveau dans les sociétés humaines. Il pourrait maintenant y en avoir un pour... compenser.»

«Nouvelles souffrances, nouveaux démons?» C'était inouï, et il se sentait particulièrement visé par cet exemple.

Patrakis acquiesça, renchérit:

«Ce n'est qu'un exemple, mais l'analogie est néanmoins juste, Balthazar. Et moi, si ce nouveau démon venait à exister, comment le combattrais-je? Quelle serait sa puissance, mes outils, mes recours? Ça implique que en l'affrontant, je n'aurais aucune chance de découvrir ou lui faire avouer son nom et encore moins son office. Il ne me reste qu'à prier pour que ce qui menaçait ces pauvres gens était une entité connue. Si elle revient à la charge...»

«Tu ne connais donc pas la nature de ce nouveau démon qui s'était attaché aux Bourbonnais?»

«Aucune idée. Mais Fréchette était un puissant acolyte. La façon dont a été manipulé Brazeau, Bargeault...»

«Grujeault.» rectifia Balthazar.

«... cette manipulation de l'homme comme un automate téléguidé, c'est quelque chose de nouveau pour moi. Cela ressemble presque à du Vaudou, à un zombie du folklore des caraïbes, mais les autres pouvoirs de Dany Fléchette semblaient refléter une toute autre tradition...» Patrakis haussa les épaules.

Anxieux, Balthazar s'enquit à savoir s'il pouvait en apprendre plus à ce sujet. Patrakis lui répondit qu'il formait actuellement à l'intention des catholiques un groupe de religieux intéressés à l'exorcisme, surtout des Jésuites et des Dominicains triés sur le volet, et qu'il serait le bienvenu à leurs rencontres bimensuelles. Balthazar promit d'y aller faire un tour.

Patrakis finissait de lui communiquer les coordonnées des rencontres lorsque M Bourbonnais vint les rejoindre sur le trottoir en enfilant son manteau. Il s'adressa à Balthazar.

«Excusez-moi, mais j'ai oublié de vous dire que j'ai pris une grande décision. J'ai choisi de me joindre à la même église que vous: L'Église de l'humanisme.»

Balthazar ouvrit la bouche, puis la referma, l'ouvrit à nouveau. Patrakis était aussi totalement mystifié. Bourbonnais souriait fièrement. Balthazar se secoua.

«Ça tombe bien! M Bourbonnais, je vous présente le Père Patrakis. Père Patrakis est justement un représentant de 'L'Église de l'humanisme'. Père Patrakis, voici M Bourbonnais, un nouvel adhérent. Au revoir, tout le monde! » Balthazar fila en boitillant vers le taxi où l'attendaient Gaspard, une couronne de fleurs, un flacon de cognac fin et quelques bonnes bières.

«L'Église de l'humanisme. On s'en reparlera, Landry.» grogna lentement Patrakis par dessus son épaule d'un ton lourd de conséquences avec un amer sourire en coin, tandis que M Bourbonnais lui pompait la main avec enthousiasme.

«Je n'en doute pas, mon père.» répondit Balthazar en riant, fermant vite la portière du taxi derrière lui.

Quelque chose lui disait que Père Patrakis trouverait son nouvel adhérent très... adhérent.

«Where to, Boss?» chantonna Gaspard d'un air enjoué.

«Au cimetière, Gaspard.» répondit Balthazar en ouvrant une cannette de bière. «J'ai une couronne de fleurs et un flacon de cognac à offrir à un ami.»

Gegen die geister...

3 L'HÔTEL DU CHEMIN DE FER

J'échangeais mon chapeau pour un casque de sécurité de plastique jaune à la guérite. Le gardien me donna aussi un écusson qui disait 'VISITEUR'.

La maison mobile abritant le bureau du chantier de construction était assez facile à trouver: elle était surmontée de la grande pancarte affichant le logo de la compagnie de construction: 'DORAMPIL'. Mais où trouvent-ils ces noms?

Le chantier était énorme et dans ce contexte urbain, avait certainement impliqué beaucoup d'expropriation de logements à loyer modiques à grand coups de violence juridique...

J'arrêtais un moment pour contempler cette grandiose fresque de dévastation peinte en différents tons de poussière. Un désert avait été ici créé, mais un désert grouillant d'activité.

Des centaines d'hommes, des excavatrices, des bétonnières, des grues s'affairaient partout. De la matière était montée, descendue, versée, empilée, répandue et ramassée, crachée et arrachée, enfoncée et défoncée dans une cacophonie de moteurs diesel rugissants et de métal hurlant contre le métal et la pierre. Les larges et sombres fondations occupant maintenant ce paysage lunaire, balafres géométriques au visage de la terre, étaient parvenues à différents stages de construction; la plus avancée d'entre elles lançait de ses profondeurs une forêt de pilons.

Au fond du chantier, un seul édifice natif à ce quadrilatère effacé, possiblement classé en tant que monument historique, avait échappé aux ravages du renouveau.

Il y avait un quelque chose d'inquiétant à ce monolithe vieillot sur fond d'azur poussiéreux, seul aux confins de ce désert fourmillant.

On n'arrête pas le progrès, on le subit et quelquefois on y survit...

Je gravis le petit escalier de fortune en bois nu et cognais à la porte avant d'entrer dans la maison préfabriquée sans attendre de réponse, le protocole de mise

sur un chantier, ou du moins il l'était il y a une quinzaine d'années alors que j'étais un étudiant sans le sou
qui devait se transformer l'été en ouvrier. Un ressort
grincheux referma la porte derrière moi. Il était très
exactement huit heures du matin.

Il parlait au téléphone en consultant une liasse de
documents brochés et leva un index et de généreux
sourcils noirs en ma direction pour me signifier d'attendre un moment. La seule autre chaise libre de cette
pièce était occupée par un théodolite presque mécon-
naissable, probablement un de ces nouveaux machins
qui fonctionnent au GPS. Je demeurais donc debout. Il
termina son appel, laissant en conclusion tomber d'une
main experte le combiné sur le récepteur sans que celui-ci ne rebondisse à terre. Il exhala une bouffée de
frustration.

Sur son bureau, un iPhone se mit à jouer *Funiculì
funiculà*. Il en éteignit le son d'un geste absent.

«Je commandes vingt deux caisses de mèches à
souder numéro 6011 et dix-huit caisses de mèches 7018
et qu'est-ce que je reçois? Soixante quinze caisses de
mèches 7024! J'ai une armée de soudeurs qui mangent
des beignes depuis hier après-midi!» Il raidit sa colonne
vertébrale avec une grimace et un geignement, chas-
sant un peu de la tension accumulée, faisant craquer
son cou.

À huit heures du matin, le pauvre! À sa place, je ne perdrais pas mon temps à planifier ma retraite...

«Toutes les grandes civilisations ont passé par ce stage avant de disparaître. C'est un signe des temps.» fis-je avec mon plus gentil sourire sarcastique. Il éclata d'un rire franc et se leva, me tendant la main.

«Vous êtes monsieur..?»

«Balthazar Landry. J'ai rendez-vous avec M. Brunetta.» Son air que je devinais naturellement jovial se ternit quelque peu en reconnaissant mon nom. Au contact de sa main, je le sentais très anxieux bien au-delà de son fardeau professionnel journalier. Un homme aux prises avec quelque chose de menaçant et d'incompréhensible. Mais, évidemment, tous mes clients ont peur et sont aux prises avec quelque chose qui est sombre, menaçant et incompréhensible...

Aussi, malgré le domaine dans lequel il œuvrait qui portait inéluctablement le stigmate de la corruption, je sentais qu'il était dans son cœur un honnête homme, peu différent d'une bonne partie de mes anciens confrères policiers. Il fit un sourire un peu forcé où je pouvais percevoir son accablement.

«C'est moi Brunetta. Tony Brunetta. Heureux de faire votre connaissance, M Landry. Votre secrétaire m'a mis au courant de votre façon de procéder.»

Il dégrafa un walkie-talkie de sa ceinture et eût un bref entretient dans un italien où se glissaient quelquefois quelques mots de français et d'anglais. Puis l'appareil retourna à sa place.

«Mon jeune frère vient vous chercher. Il a reçu sa consigne. Nous en reparlerons aussitôt que vous aurez fini, si j'ai bien compris?»

J'acquiesçais en lui remettant le formulaire d'entente de confidentialité, signé en bonne et due forme, qu'il avait télécopié à ma secrétaire le jour précédent. Par bonheur, je n'avais pas oublié de le glisser dans mon petit sac brun. J'ai d'ordinaire la fâcheuse manie d'ignorer la paperasse.

«Aussitôt que j'aurai fini. Comptez sur moi.» Je me dirigeai vers la porte.

«Tenez vous loin l'un de l'autre, et faites attention, ok? C'est mauvais, là-bas...»

J'entrevis le visage de Brunetta alors que le ressort grincheux refermait la porte du bureau de chantier derrière moi. Il était devenu pâle.

Une camionnette poussiéreuse à quatre roues motrices affichant l'insigne de la compagnie arrivait alors que je descendais l'escalier. Je pris place à côté du chauffeur baraqué qui m'apprit que son nom était Mike. Le jeune frère de Brunetta avait l'air d'un mec sympathique, un peu bohème et sans prétentions. Il lança immédiatement le véhicule sur le sentier cahoteux. À la radio, une espèce de démagogue vociférait en blâmant de tout les maux tour à tour le gouvernement et le peuple qui a élu ce gouvernement: une prise de position on ne peut plus prudente. Je me demandais qui avait bien pu l'élire démagogue, celui-là?

Comme je m'en doutais un peu, Mike m'amena aussi directement que possible vers ce vieil édifice isolé au fond du chantier. En approchant, on pouvait constater qu'il y avait un ravin situé juste devant l'édifice dans lequel avait jadis passé une ligne de chemin de fer qui s'engouffrait sous un pont. Le ravin était situé parallèlement à la façade de l'hôtel et orienté nord-sud. Ici devant l'hôtel, au fond de la faille, des rails rouillés étaient encore visibles par endroit sous les broussailles et les débris accumulés.

Quelle étrange bâtisse! Une vraie aiguille. Les sept étages se dressaient tout en hauteur. Ses briques avaient été noircies par la fumée d'anthracite des locomotives d'antan puis nettoyées par des décennies de pluie, résultant en une façade bariolée de coulisses sombres qui lui conféraient l'apparence d'un vieux visage triste et ridé.

Mike immobilisa la camionnette plutôt loin de notre destination et sortit du véhicule pour aller s'appuyer sur l'aile avant. J'étais un peu intrigué du fait qu'il ne nous amène pas plus près, mais n'en fit aucun cas pour l'instant. Tout le monde avait reçu ses instructions.

Alors que je passais près de lui, il me fit ses recommandations :

«C'est là. L'hôtel, là bas. Mon frère m'a demandé de vous avertir de ne pas entrer dans la bâtisse sans que je vienne vous montrer où marcher. Les planchers ne sont plus stables à certains endroits. Très dangereux.» expliqua-t-il, l'air incertain, avec ce drôle de petit accent roulant qu'ont les Québécois francophones de souche Italienne.

«Aucun problème, mon ami. Je vous ferai signe.» Je me retournai vers l'édifice et attaquai la première partie du boulot que j'avais à abattre : la lecture des lieux.

Tout le reste du vaste chantier avait été aplani et ensuite remanié et encore aplani, mais l'espace qu'occupait l'édifice délabré avec son tronçon de rue, son petit pont et son ravin ferroviaire n'avait cependant pas été touché. Une couverture d'herbes folle, des restes de gazon et des débris portés par le vent ayant échoué dans ceux-ci délimitaient clairement cette zone rectangulaire d'exclusion.

Sur la pente du ravin, on pouvait voir des sillons de terre fraîchement rabrouée, comme si un véhicule s'y était abîmé. J'y descendis, parcourant tout le court ravin de long en large, constatant de près l'ancien tunnel ferroviaire sous le pont complètement obstrué par le bouchon de remblayage, puis j'en ressortis en remontant lentement les traces laissées par le présumé accident. Rien. De toute évidence, un véhicule avait bien dévalé la pente et avait ensuite chaviré dans le ravin, mais je ne sentais pas la mort en ces lieux. Je constatais aussi des traces, plus faibles, laissées par l'extraction du véhicule

Je m'accroupis pour arracher les chardons qui s'étaient agrippés à mes pantalons. Il y avait quelque chose de surréaliste dans cet édifice bâti tout en hauteur dominant un ravin par dessus un segment de rue et de trottoir où poussait un lampadaire aveugle et esseulé... comme une île dans l'espace.

Et cette île n'était pas sereine.

Il se tramait ici quelque chose d'abstrait, vilain, qui n'a rien à voir avec ce monde parallèle, souvent peuplé de fantômes, auquel je suis habitué et qui fait partie de la réalité qui m'est propre. Quelque chose de métaphysiquement... infect. Une horrible anomalie.

J'eus un frisson. Tous mes instincts me criaient de tourner le dos, de présenter mes regrets à M Brunetta en lui conseillant de demander à l'armée de l'air de lâcher une bombe sur cet abcès de vieilles briques rongées; de m'en aller chez moi, là ou je serais en sécurité.

Je franchis le ravin par le petit pont passant au-dessus de la bouche du tunnel en direction de l'hôtel, foulant une section de revêtement dont il ne restait qu'une mosaïque d'asphalte craquelé criblé de pissenlits. D'un côté du pont, au nord, j'obtenais une autre perspective du bout de ravin en place et des traces laissées par le véhicule. De l'autre côté du pont, au sud, le désert arrivait au niveau du garde-fou rouillé du pont. Pourquoi ce détail me collait-il entre les deux oreilles? Pourquoi mon regard se perdait-il dans la poussière au sud de l'hôtel?

J'allais ensuite tranquillement quadriller systémati-quement tout le pourtour de l'édifice en enjambant les débris, sans ne recevoir aucune impression, ne serait-ce que l'amplification de ce sentiment omniprésent d'étrangeté à mesure que je m'approchais de l'édifice. Des sacs à déchets vert ou orange devenus fades d'une longue exposition aux éléments et réduits en lambeaux, de vieux pneus affaissés, quelques anciennes poubelles de métal éventrées et les restes oxydés d'une automo-bile peuplaient l'arrière cour, qui était délimitée par les vestiges d'une clôture de bois à demi écroulée, jadis peinte de brun, la putréfaction l'ayant repeinte d'un vert bilieux.

Il me fallût y regarder par deux fois pour détecter les restes d'une plaque sur le côté de l'édifice, une plaque de métal émaillé que la rouille avait teintée de la couleur des briques environnantes, du genre qui au-rait pu donner le nom d'une rue transversale. Avec beaucoup de difficulté, j'arrivais à lire les premières lettres: 'RLEEK', ou peut-être 'BLEEK'. Le reste de l'émail avait été emporté par la corrosion. La rue transversale aussi, semblerait-il, car rien autour de moi ne laissait supposer qu'il y en avait déjà existé une.

J'empruntai finalement l'étroit trottoir du segment de rue passant devant l'édifice. En regardant en haut par certaines fenêtres des étages supérieurs, on pouvait voir le ciel à travers des sections de planchers effondrés. Cette bâtisse insolite avait un nom gravé dans une pièce de maçonnerie au dessus de l'entrée. 'Aleister Manor', proclamait silencieusement la pierre usée, sous une enseigne ternie où l'on pouvait à peine encore lire les mots 'PRIVATE HOTEL - Members Only'.

L'imagination voulait d'elle-même repeupler ce bout de rue, ne serait-ce qu'en y ajoutant quelques frères à ce lampadaire solitaire et une continuité à ce vestige de trottoir émasculé - peut-être même quelques antiques véhicules stationnés sur le tronçon de rue embroussaillé - mais n'y parvenait pas. Quelle étrange atmosphère...

Je me retournais pour m'assurer que les machines modernes étaient encore à l'œuvre derrière moi. Un bulldozer passait au loin en précédant son nuage de poussière, les grues soulevaient impassiblement ce qui devait être soulevé. Rien qu'une autre journée de travail sur un chantier de construction. Le monde était toujours là.

Me retournant vers l'hôtel, je notai un détail révélateur. J'appréciais l'art de rue qui transformait des murs tristes en œuvres d'art mais, malheureusement, les 'tags' étaient aussi devenus omniprésents en milieu urbain. Il n'en y avait aucun sur les murs de l'Aleister. Ces sales petits vandales dénués d'esprit et de talent avaient-ils ressenti la même chose que moi à son approche ?

La porte principale du Aleister avait été laissée grande ouverte. Je gravis les trois marches de pierre du perron poussiéreux et fis signe à Mike, toujours appuyé contre le camion, comme je m'étais engagé à le faire avant de pénétrer dans les lieux, tout en me demandant si mes dons psychiques faisaient en sorte que j'étais le seul à ressentir cette inquiétude, ce sentiment de déplacement. Le fait que Mike soit demeuré près du véhicule tenait-il aux consignes qu'il avait reçues, ou bien à sa propre appréhension face à cet endroit?

Mike arriva à mes côtés en trottinant et jeta un coup d'œil à l'intérieur, pointa de l'index le couloir.

«Le mieux pour vous serait de demeurer dans le couloir central en marchant le long du mur à droite.» me conseilla-t-il en agitant son index dans cette direction.

«L'ingénieur a dit qu'il n'était pas question d'aller plus loin que ce premier couloir. N'entrez pas dans le hall de réception qui est situé après l'arche, là-bas, parce qu'il a dit que tous les autres planchers étaient devenus dangereux, mais vous pouvez quand même aller ici dans cette pièce qui est à droite. Un seul homme à la fois, à cause du poids.» conclut-il.

«Compris, Mike. Ça ne me laisse pas tellement de latitude pour faire une lecture, mais je ne voudrais certainement pas devenir une autre victime de cet endroit.»

Mike m'adressa un curieux regard. Mais c'est vrai au fond, pourquoi donc avais-je dit ça? Je n'y avais pourtant pas détecté de victime.

J'entrai dans le Aleister en longeant le mur de droite comme prescrit. Il était facile de comprendre sur quels fondements l'ingénieur avait basé ses conseils. Le sol du couloir était fait d'un revêtement de pierre amalgamée du genre terrazzo imitant le marbre, tandis que celui de l'autre pièce, le hall interdit, était recouvert de tapis décharné qui laissait entrevoir un plancher de bois pourri et gondolé.

Les murs étaient dans l'état que l'on peut imaginer dans un édifice en train de s'écrouler. Plusieurs stratifications s'en écalaient l'une après l'autre pour révéler par endroits ce qui pourrait bien être la toute première couche de tapisserie sur ces murs, un motif de petits bouquets de roses sur fond mauve maintenant jauni. Ça sentait l'âge et l'abandon.

Les débris craquaient sous mes souliers alors que j'entrais dans la pièce de droite, qui avait manifestement été un bureau d'accueil à l'époque. La porte du bureau était en deux parties distinctes dont la moitié inférieure était surmontée d'une petite tablette. Une fois fermée, elle pouvait faire office de comptoir.

Dans un coin gisait un gros bureau de chêne qui semblait s'être agenouillé à cause de deux pattes brisées du même côté. Un antique classeur de bois montait la garde dans un autre coin. Il aurait pu être considéré en bon état si ses tiroirs n'avaient pas été arrachés et brisés au sol. Débris, débris, fenêtres borgnes, rien ici...

Les quelques mètres du couloir qu'il me restait à explorer me laissaient craindre que ma lecture finirait bien vite en queue de poisson, lorsque j'entrevis juste avant l'arche du hall et son plancher dévasté une porte coulissante dans le mur gauche, à la hauteur de ma poitrine. Penché en avant sur la pointe des pieds, j'inspectais ce que je pouvais voir du hall en premier lieu.

Je fus désappointé. Il était sans intérêt, ne serait-ce que pour les collectionneurs de fange et les amateurs de pourriture. Quelques grands divans dont les bactéries et les champignons avaient depuis longtemps fait leur repas, un bar de marbre craqué qui s'affaissait. Encore du tapis en état de décomposition, d'autres murs transis et un couloir menant vers la cour arrière d'où s'ouvrait vraisemblablement un escalier menant aux étages supérieurs.

Je me retournais vers cette intrigante petite porte coulissante dans le mur et l'ouvris avec un peu de difficulté pour découvrir un compartiment.

Un ascenseur de cuisine, utilisé à l'époque pour acheminer les victuailles de la cuisine aux niveaux supérieurs. Y avait-il donc une cuisine au sous-sol?

Un violent craquement se produisit à quelques étages plus haut, directement au dessus de ma tête, puis j'entendis une série d'impacts qui firent trembler tout l'édifice en descendant sur moi.

Je me projetais en arrière et rebondis sur le mur opposé, puis m'élançais pour aller m'abriter dans l'embrasure de la porte du bureau.

Le sol sursauta sous mes pieds comme le pont d'un cuirassé touché par une torpille alors que le lourd objet défonça le plafond puis le plancher en terrazzo devant moi, entraînant dans sa suite une tempête de débris de bois, de poussière de plâtre et de crépis. C'était un coffre-fort qui était tombé, j'en étais certain car, l'espace d'une fraction de seconde, j'en avais entr'aperçu le cadran de la serrure à combinaison. Puis je fus submergé par un épais nuage de poussière alors que le coffre-fort s'abîmait quelque part dans l'obscurité du sous-sol avec un bruit sourd. Quelques secondes d'attente suffirent pour qu'il fût à nouveau possible d'y voir clair.

«Vous êtes mieux de sortir de là, monsieur!» cria Mike derrière moi, perché sur les marches du perron. Je levais immédiatement une main pour lui imposer le silence.

J'avais repéré quelque chose dans la poussière de plâtre fraîchement déposée à la lèvre de ce trou qui venait d'apparaître dans le terrazzo, qui me fit aller précautionneusement de l'avant pour l'inspecter de plus près. L'empreinte d'un pied nu. Celle d'un pied d'homme, d'après les dimensions. Comme si quelqu'un avait marché jusqu'au trou pour y sauter tout bonnement, immédiatement ou tout juste après le passage du coffre-fort. Mais si ça avait été le cas, je l'aurais vu...

Je m'accroupis près de l'empreinte, les mains en paravent autour de mes yeux en scrutant par le trou la noirceur de la cave. L'espace d'une seconde je vis des gens marcher lentement à la queue-leu-leu dans les ténèbres en direction de la façade de l'édifice et du chemin de fer, nus, les épaules voûtées comme des condamnés à mort, visibles uniquement parce qu'ils étaient comme illuminés de l'intérieur d'une faible lueur brune. Il émanait de ces spectres condamnés un sentiment de désolation si fort qu'il aurait pu éteindre le soleil. Puis je clignais involontairement des yeux et les ombres avaient disparues, ne laissant derrière elles que le vide. Et cette affreuse émotion...

Je me redressai, pensif et assez secoué par cette vision.

La main qui agrippa mon épaule fut immédiatement retournée dans un angle impossible en mettant instantanément son propriétaire dans une position d'incapacité totale. Mike lâcha un cri de surprise alors que mon autre main en patte de tigre s'apprêtait à lui asséner un coup à la base du nez qui aurait pu lui être fatal.

Acquisition, traction et torsion, percussion. Un enchaînement de trois mouvements devenus seconde nature qui aurait pu coûter la vie à un innocent. Mike!

Je lâchais prise, l'aidant à se relever de sa position à genoux, J'étais consterné. Il m'arrives de me mettre en colère comme tout le monde, certes, mais ce n'était pas ici le cas. Il ne m'arrives tout simplement jamais de perdre froidement, si calmement les pédales. Cet endroit est définitivement malsain.

Je tâtais délicatement les os de son bras et de son épaule en m'excusant, m'assurant que je n'avais rien brisé, tout en l'entraînant avec moi vers la sortie.

«Je voulais rien que vous tirer dehors avant que tout ça tombe en miettes.» fit-il, *sotto voce*.

«Je sais, Mike. Je m'excuse. Je ne sais pas ce qui m'est passé par la tête. L'écroulement m'a mis les nerfs à vif. » C'était faux. L'essence même de cet endroit malsain m'avait mis les nerfs à vif depuis le début.

Je fouillais un instant dans mon sac et nous ouvris chacun une cannette de bière. Il l'agrippa, en absorba la moitié d'une seule traite et puis poussa un grand rot. Je mis subrepticement mon nez dans le sens du vent pour en éviter les effluves.

Nous nous éloignions ensuite de l'hôtel en cadence de pas.

«Au moins vous ne m'avez pas tué comme les autres. » dit-il après une autre longue lampée, après laquelle il expédia à la manière d'un lanceur de base-ball la canette vide dans le ravin derrière nous. Je lui passai une bière fraîche.

«Les autres?»

«Ils se sont entretués là-bas, près de l'endroit où j'ai stationné le camion. Un contremaître et un des opérateurs. » Puis il sembla se raviser, un peu confus. « Vous avez fini de faire votre affaire? Je n'étais pas supposé dire ça maintenant. »

«J'ai fini ici pour l'instant et c'est bon, tu peux parler. Montres-moi ça, Mike.»

Mike me désigna l'endroit où la tragédie s'était déroulée alors que nous arrivions à une dizaine de mètres devant le véhicule. J'arpentais l'espace en tous les sens. Rien ne me venait.

«Mike, est-ce que tu est certain que ça s'est passé ici? » Je ne sentais absolument rien.

«Sûr et certain.» affirma Mike. «J'étais là-bas, pas tellement loin.» et il haussa les épaules.

«Laisse-moi seul un instant, Mike. Si je ne bouge pas pendant quinze minutes, viens me secouer un peu pour me réveiller, s'il te plaît.»

Je me préparais à fermer les yeux et faire une lecture spirite, me plonger dans une vision immersive des lieux. Je ne puis prévoir la durée de mes lectures et une longue expérience m'a apprise qu'un maximum de vingt minutes par jour est tout ce que je puisse endurer sans que mon esprit ne 'bascule' dans cet autre monde que j'habite. D'habitude, mon ami Gaspard est là pour garder mes arrières et me tirer de l'immersion, mais ce matin il avait dû emmener son épouse à la clinique pour dialyse.

À ma suggestion d'avoir à me tirer d'une immersion Mike parût alarmé, puis il alla s'emparer d'un râteau à long manche qui se trouvait dans la boîte de la camionnette.

«Je vais vous donner quelques petites poussées avec ça, si ça fait pareil?»

Je suis sensible au monde des esprits. Je suis aussi multitalentueux, en ce sens que je possède un certain degré de presque tous les talents dits 'extrasensoriels' connus dans le domaine. Mais je possède un talent particulier que j'ai baptisé *momento mori* par analogie au *memento mori* de la fin du moyen âge et des Stoïques de l'antiquité. Lorsque je suis en des lieux où il s'est produit un décès, je suis capable d'entrer dans un état de vision immersive et de voir le moment de cette mort, presque comme si c'était un court clip vidéo. C'est ce que j'allais maintenant tenter de faire.

Je regardais un moment autour de moi. Un vent frais se levait à l'approche de noirs nuages, et des derviches de poussière se formaient pour danser autour de nous. Ça commençait à sentir la pluie. En fermant les yeux, au lieu de laisser venir les impressions, je poussais volontairement ma réceptivité au maximum, une entreprise plutôt périlleuse à laquelle je ne me livres que très rarement.

En ces lieux, je ressentais la fin d'un solide gaillard nommé Joseph surnommé Samson qui s'était enorgueilli d'avoir une fois porté les bagages du Chevalier de Maisonneuve, et d'avoir été complimenté pour sa force physique par son insigne Seigneur. Puis un jour, en ces lieux, il y a longtemps, la poudre de Joseph était humide et le coup de son mousquet n'était pas parti. Les loups l'ont eu. Quelques fragments de ses os sont encore éparpillés ici quelque part, entremêlés à ceux de deux des loups de la meute qui ont goûté à son couteau dans un combat désespéré sur la lourde et encombrante neige fondante.

Près de ces lieux, je ressentais la courte agonie d'un milicien artificier qui est venu mourir dans la cabane qu'il avait bâtie sur sa petite terre et que le temps a depuis longtemps emporté; mourir d'une blessure acquise lors d'un siège militaire qui s'était déroulé à l'époque où le cheval et le fleuve n'étaient que les seul moyen de transport. Le milicien blessé était heureux d'avoir survécu au voyage du retour pour pouvoir s'éteindre sur sa terre à lui dans les bras de sa 'Blondine', en serrant fièrement la main de son jeune fils, car celui-ci avait réussi à ne pas verser une seule larme.

«Sois fier, car on dit que c'est ton père qui a blessé Wolfe», furent ses dernières paroles qui résonnaient encore en ces lieux pour moi.

En ces lieux, je ressentais la mort d'un très jeune garçon nommé Gilbert, qui a vu avec émerveillement passer une auto Ford modèle T sur le chemin devant sa maison, mais ne s'est jamais remis de sa pneumonie. Il aimait sa mère et la Vierge plus que tout au monde. Les fragments de la tête en céramique de son jouet favori sont encore ici, quelque part sous mes pieds, un petit cheval.

J'ouvris les yeux, un peu éblouis par le soleil impitoyable de ce désert artificiel. Ma montre disait qu'il s'était écoulé dix minutes. Les nuages de pluie n'étaient pas encore arrivés. Comme prévu lors d'un tel effort, je me sentais à la fois désorienté et nauséeux.

Toutes ces choses s'étaient passées à proximité d'ici à différentes époques, leurs traces fades comme de courts testaments écrits à l'aquarelle, mais je ne pouvais voir rien de récent. Peut-être avais-je été trop loin. L'immersion n'est pas une science exacte.

Mike et son râteau semblaient soulagés de me voir revenir.

«Le contremaître et l'opérateur sont morts ici ou bien à l'hôpital?» dis-je, la bouche engourdie et pâteuse.

«Raide morts juste ici, man! J'étais là! On les a vus de loin se battre et un arpenteur qui était avec nous s'est servi de son télescope pour mieux voir ce qui se passait. Le chauffeur a poignardé le contremaître dans la... la orte? Une grosse veine près du cœur, presque en même temps que le contremaître l'a frappé à la tempe avec son walkie-talkie. La batterie est vraiment pesante et il a été tué sur le coup. Le contremaître est lui aussi mort ici pendant que l'ambulance arrivait. Personne n'a su pourquoi ils en sont venus à s'entretuer. »

L'aorte? Trop de détails. Je le vrillais d'un regard inquisiteur, et Mike rougit.

«Mon oncle est un lieutenant de police... il m'a tout raconté... c'est normal.» Il porta un regard courroucé vers les cieux et chuchota: «*Meeerda!*» de dépit d'avoir vendu la mèche de cette petite indiscrétion en famille.

«Je n'ai aucun problème avec ça, Mike. Mais, pourquoi donc est-ce que tu t'es stationné ici, loin de l'endroit où ça s'est passé? Pourquoi ne pas avoir été plus près de l'hôtel?»

Mike pointa du doigt un repère à côté du chemin de terre. Un mince tube en PVC orange planté dans la poussière surmonté d'un petit drapeau triangulaire rouge.

«Les moteurs ont tendance à arrêter après ce point. Personne ne sait pourquoi. Y'en a qui disent que c'est l'hôtel qui se protège...» Mike avait l'air un peu gêné.

Je contemplais à nouveau l'édifice insolite, le tronçon de rue et son bout de chemin de fer sur leur 'île'. Cela pourrait bien être le cas, effectivement.

«Je crois qu'il serait temps de retourner au bureau, Mike.»

J'allais ouvrir la portière du camion lorsque l'aspect de la carlingue du camion me figea sur place. Clairement définies sur la poussière recouvrant la carrosserie, des douzaines d'empreintes de mains étaient apparues.

D'un bout à l'autre du véhicule.

Il fit un geste derrière lui, pointant la section fermée au fond de la roulotte. «On serait mieux d'aller dans mon bureau.»

Il invita Balthazar à le précéder dans le bureau pis se retourna et dit inutilement au vestibule vide: «Je ne voudrais pas être dérangé. Merci.». Il ferma la porte derrière lui avec un sourire ironique. Je l'aimais bien, ce Brunetta.

Le bureau de Brunetta avait aussi son contingent de classeurs et quelques tables pliantes recouvertes de rouleaux de plans, dont certains avaient été sélectionnés pour recevoir l'insigne honneur d'être agrafés au mur. Des boîtes, des walkies-talkies en série sur leurs bases de recharge, des outils, des instruments, des pièces de machinerie et une fontaine d'eau réfrigérée bordaient les murs.

Brunetta libéra une chaise pliante et la plaça devant son bureau, m'invitant à m'y asseoir avec une courbette et prit place dans son fauteuil en abaissant l'écran de son portable qui obstruait sa vue.

«Qu'avez-vous pu apprendre de votre visite? Vous est-il possible de faire quelque chose?»

Je levais une main pour l'arrêter.

«Un instant, s'il vous plaît. J'ai besoin d'entendre votre côté de l'histoire avant tout.»

Il ferma les yeux quelques secondes avant de parler. Puis il s'élança dans son récit.

«*Bene*. Vous avez sans doute remarqué que je n'ai plus d'assistant chef de chantier? Qu'il n'y a personne à l'accueil?» me demanda-t-il en écartant les mains.

«J'ai comme le sentiment que les compressions budgétaires ne sont pas à blâmer pour ce triste état de choses.» fis-je.

«Ha! Sur un gros projet comme celui-ci? Jamais! » Il semblait soudain avoir trouvé son élan et pointa vers le plus large des plans agrafés au mur.

«Un GRAND centre d'achat intérieur à trois niveaux, un Holiday Inn, quatre cents quarante cinq unités de condominiums, deux sièges de multinationales, un cinéma de vingt salles et un potentiel de terminus d'autobus de banlieue, entre autres, si ces trous du cul peuvent finir par se décider. Quatre, PLUS de quatre kilomètres carrés de terrain à bâtir et à aménager! » Il s'adossa lourdement dans son fauteuil, comme essoufflé par la magnitude du projet. «Même Microsoft est intéressée à bâtir ici.» termina-t-il.

«Difficile à réaliser sans un assistant chef de chantier? » fis-je en remplissant d'eau un verre de styromousse à la fontaine en espérant que j'obtienne de l'eau froide.

«Difficile à réaliser sans un assistant chef de chantier. Impossible à réaliser sans travailleurs! Et j'en perds de nouveaux à chaque jour.»

«Vous perdez des âmes?» Je pensais aux 'condamnés' que j'avais entrevus dans l'obscurité du sous-sol de l'hôtel.

«Pour ainsi dire. À tous les jours.»

«Qu'est-il arrivé pour les faire démissionner, ou ne plus vouloir travailler ici?»

«Quelque chose qui commence à dépasser ma capacité de les persuader de revenir travailler. Les gars de la construction sont comme des vieilles mémères, vous savez. Ils jacassent, ils se pompent entre eux, et ils sont superstitieux comme des vieux *paisan*.» Brunetta se renversa à nouveau dans son fauteuil qui grinça en protestation comme le ressort de la porte.

«Lorsque nous sommes arrivés ici, nous avons dû démolir quelques usines abandonnées et plusieurs pâtés de maison. Ce ne fut pas une grande perte: des taudis, des squats, des trappes à feu. On a même payé pour relocaliser en mieux ceux qu'on a été obligé d'exproprier, et tout le monde était content. On a même trouvé des solutions pour les squatters. Des grands *smiles* partout! Il y avait un dépôt de chemin de fer inutilisé qu'on a acheté qui occupait le reste du terrain. Mais parmi les taudis abandonnés, il y avait ce maudit hôtel, le Aleister.» Il fit un geste d'impuissance.

«Notre département légal n'a jamais pu savoir à qui il appartient. La ville elle-même semblait en ignorer l'existence. J'ai jamais vu ça! D'habitude, ils inventent facilement quelque chose...»

Brunetta s'alluma une cigarette sans sembler être conscient de son geste et se massa brièvement le cou, puis s'agita à nouveau, gesticulant. Il était Italien, après tout...

«La première chose bizarre qui m'a frappé, c'est l'édifice lui-même, son architecture, sa plomberie, même le peu d'installation d'électrique qu'on y retrouve. Tout semble original et date des années 1890 ou 1900 environs. Aucune modification. Pire: le style. Ça vient pas d'ici, ça. C'est typiquement ce qu'on appelle à New York un édifice 'brownstone'. Mes grand-parents habitent un *brownstone* modernisé à Brooklyn. Ce maudit bâtiment est un *fuckin'* intrus!» Il se massa à nouveau la nuque en regardant à terre.

«J'ai envoyé un ingénieur et deux ouvriers pour inspecter sa structure en vue de le démolir. C'est là que le bal a commencé. La camionnette de mes gars a plongé dans le ravin en face de l'hôtel et a fait un ou deux tonneaux. Ils sont tous les trois morts instantanément, le cou cassé. Mais pourquoi? La pente est assez douce et personne n'allait vite; je dirais même que le moteur était probablement éteint quand ils ont chaviré. Au pire, ils se seraient cogné la tête au plafond du véhicule... possiblement l'un d'entre eux aurait pu être malchanceux et se briser le cou. Mais tous les trois? Dans un accident en *slomo*?» Il écrasa sa cigarette à peine entamée.

«Puis deux jours plus tard, vendredi passé, un contremaître et un chauffeur de camion se sont entretués sans aucune raison tout près de là. C'était parti. Les rumeurs commençaient à voler bas entre les gars... et j'peux pas les blâmer.»

Brunetta me relata approximativement les mêmes faits que son jeune frère Mike et ne démontra, lui, aucune pudeur à me révéler que son beau-frère policier lui avait communiqué les détails qu'il avait glanés *post mortem* concernant les blessures que s'étaient infligées le contremaître et le chauffeur.

«Avez-vous eu une bizarre d'impression en entrant dans l'édifice?» dis-je.

«Oui. Je ne suis pas allé bien loin, mais j'avais hâte de sortir de là, croyez-moi.»

«Est-il possible de démolir la bâtisse en gardant intact le sous-sol?»

Brunetta eut l'air songeur un moment.

«Je suppose que ça serait possible, avec de la chance. Les experts en démolition ont de gros tapis faits de pneus usagés qu'ils peuvent mettre en place pour orienter une explosion dans une direction voulue. Mais pour ça il faudrait approcher une grue, et les moteurs ont tendance à lâcher autour de l'édifice. Les batteries se déchargent, les moteurs arrêtent. Les génératrices meurent, aussi.»

«Des câbles.»

« Pardon? »

«Laisser les batteries et les génératrices en dehors de la zone et reliez-les par de très longs câbles bien isolés. Est-ce que ça pourrait marcher?»

«C'est vrai, ça...» fit-il, l'air songeur. Puis il claqua des doigts. «Il y aurait perte de courant si les câbles étaient très long, mais avec une génératrice électrique qui fournirait le bon voltage et l'ampérage prévu en bout de ligne à la place d'une batterie, ça pourrait se faire. Je vais parler à mon ingénieur en électronique. Où voulez-vous que ça tombe?»

«Vers l'arrière cour, au loin du ravin. Il m'importe surtout que le sous-sol soit intact.»

«Je vais faire venir un gars qui démolis des hôtels à Vegas. C'est un vrai artiste du *badabing badaboom*. Il pourrait faire sauter votre belle mère sans que son caniche ne s'en aperçoive.»

La clé se trouvait, pour ainsi dire, à l'intérieur du coffre-fort. J'en étais sûr et certain.

Les boutefeux avaient vraiment fait du beau travail. La quasi-totalité des débris fut balayée dans l'arrière-cour et le plancher du rez-de-chaussée, chose surprenante, n'avait presque pas été défoncé. Quelques ouvriers s'affairèrent ensuite pendant environs une demie heure à en déblayer sommairement la surface. À un certain moment, un des ouvriers se rua sur un autre avec une pelle, mais fut retenu *in extremis* par un collègue vigilant avant qu'il n'ait pu le frapper. Une fois qu'il fut entraîné hors de la zone, l'attaquant fondit en larmes. La promesse d'un gros bonus remit ensuite les autres au travail.

Puis un outil qu'ils appelaient un 'césar', une francisation de son nom anglais 'scissor', fut utilisé pour découper une voie d'accès dans le plancher, à l'endroit ou s'était naguère trouvé le bureau de réception. Une échelle fut ensuite descendue dans l'accès au sous-sol.

Henri 'Patate' Parmentel me suivait nerveusement. Maigre et petit, l'air perpétuellement irrité, Patate inspectait les alentours derrière ses épaisses lunettes où était fixée une petite loupe de bijoutier. Patate Parmentel avait obtenu son surnom en prison à cause de son très remarquable appendice nasal. Un nez que Cyrano lui-même ne lui aurait pas envié. Patate pouvait cependant ouvrir n'importe quel coffre-fort et il était ma police d'assurance au cas où le coffre-fort de l'hôtel soit verrouillé, ce qui était plus que probable. Il avait accepté de venir me donner un coup de main car il devait une fière chandelle à mon ami Gaspard, qui lui avait jadis fait une fleur à l'époque où il était policier. Longue histoire... mais le sous-sol obscur nous attendait.

Je descendis l'échelle en premier, prenant bien soin de ne pas emmêler le long fil qui reliait ma lampe à la génératrice. Patate me suivit en chuchotant des blas-phèmes.

Pas une marmite, une assiette, une antique armoire à glace ou un poêle en vue... ou même un plancher. Si cuisine il y avait déjà eu, elle n'était plus ici.

Le coffre avait atterri à peu de distance de l'échelle et avait heureusement terminé sa chute en tangente sur le sol de terre battue inégal, ce qui nous permit de le remettre à niveau sans trop d'effort en calant un bout de planche égarée dans le cratère qu'il s'était créé. Il ressemblait à un énorme boulet de canon vert pâle fusionné au faîte d'une pyramide, qui en formait la base. Le boulet et la base comportaient chacun leur coffre fort. Celui de la base, le plus petit, était ouvert et vide, sa porte un peu tordue. Celui du haut refusa de s'ouvrir.

Patate caqueta un petit rire rempli d'affection.

«Ça, c'est un bon vieux 'cannonball', de la compa-gnie Mosler. Est-ce que vous l'voulez intact?» me de-manda-t-il.

«Le coffre, non. Le contenu oui, absolument.»

Patate énuméra les alternatives sur les doigts d'une main.

«Uno: j'peux faire sauter la porte au plastic, mais ça pourrait faire tout tomber ici.» Il leva une main. «Demandez-moi pas comment j'ai eu mon plastic, OK?»

«Deuzio: j'peux le percer avec une torche au plasma ou avec une mèche électrique. C'est rapide mais ça coûte cher et ça peut tout brûler en dedans d'un si petit coffre. De toutes façons, j'ai pas ça avec moi et ça prendrait un système d'aération.

Troizio: j'peux écouter le mécanisme et faire un graphique pour trouver la combinaison, ou le percer à la mèche ordinaire, ou à la torche acétylène. Ça, c'est un peu long.»

Patate cracha à terre. Puis il me jeta un coup d'œil très filou.

«Mais chuis pas payé à l'heure, icitte.» Il me présenta le sac à dos qu'il tenait dans son autre main.

«Quatro: entre autres choses, j'ai icitte toutes les combinaisons originales utilisées par les différentes compagnies lorsqu'elles livraient leurs coffres tout neufs aux clients. Les combinaisons direct de la manufacture! Vous croiriez pas combien le monde peuvent être caves et ne les ont jamais changées en recevant leur nouveau coffre.»

«Je crois que l'on pourrait commencer par ça...»

Patate m'arrêta d'un geste sec.

«Minute. J'ai pas fini!»

«Excusez-moi, monsieur Patate.»

«Y'a encore cinquo. Cinquo est ben plus cave que ça encore.»

«Très bien. Combien plus cave?»

Patate posa son sac et me demanda:

«À qui appartenait le coffre, quel genre de compagnie?»

«C'était un hôtel privé. Pour gens qui avaient tendance à l'occultisme, je crois.»

Patate leva les yeux avec un sourire béat.

«Plus cave que ça, tu meurs.» déclama-t-il.

Il m'arracha la lampe des mains et se mit à faire lentement le tour du coffre-fort en examinant minutieusement la surface à sa lumière vacillante. Je fis moi-même un tour d'horizon du sous-sol, mais ne pouvait distinguer grand chose dans l'inquiétante pénombre.

Le cri de victoire de patate me fit sursauter.

«Yaaa-ha-ha! Ben, BEN cave!» exulta-t-il en me faisant signe d'approcher, la patate frémissante de plaisir.

Il pointa une série de petits chiffres griffonnés sur la surface arrière du coffre. Quelqu'un avait noté la combinaison à même le coffre-fort!

«Vous avez raison, monsieur Parmentel. Plus cave que ça...»

«... tu meurs ben raide! Le dernier chiffre est égratigné mais c'est pas grave. Si la combinaison n'a pas été changée depuis et si le mécanisme n'a pas été endommagé, ça devrait prendre trois minutes, max. »

Moins d'une minute plus tard, le coffre était ouvert. Je remerciais Patate et il s'empressa de monter l'échelle en grommelant:

«Pas d'quoi, m'sieur. Chu rien que ben, BEN content d'm'en aller d'icitte.»

L'intérieur cylindrique du coffre-fort contenait quatre livres reliés de cuir que j'examinais l'un après l'autre à la lueur de la lampe qui clignotait sporadiquement. Chacun portait un titre différent : PRGE, ZLIDA, CAOSGA et ZONG. Chaque page était remplie d'écriture en pattes de mouches dans un langage étrange, et de diagrammes complexes. Ce langage me disait quelque chose...

Il y avait aussi une feuille de musique. Le titre de la pièce était: 'OL ODO LAIAD EMETGIS GAH'

Elle ne comprenait qu'une seule ligne de notation sous le mot '*Violino*'. Trois notes successives dans la première mesure, puis ensuite jouées ensembles en accord dans la deuxième mesure, suivies du chiffre '8' couché, signifiant l'infini. Je ne pouvais pas reconnaître le symbole représentant la signature de la clé. J'entassais le tout dans mon fidèle sac de cuir brun, fit une brève inspection des lieux et trouvai l'escalier qui avait jadis mené à ce sous-sol à partir de l'arrière de l'édifice, maintenant bouché par une avalanche de débris.

La lampe s'éteignit l'espace de quelques secondes, revint.

En abaissant la lampe et en y regardant de plus près, je constatai la présence d'une légère dépression dans la terre battue au pied de l'escalier, comme si de fréquents passages y avaient creusés un sentier. Je la suivis. Elle traversait le sous-sol perpendiculairement vers le sud, vers le mur opposé dans le coin de la fondation où se trouverait, un peu plus loin à l'extérieur, le tunnel remblayé du ravin. Quelqu'un avait peint sur ce mur, à même les pierres et le ciment, un gros cercle noir de presque deux mètres de diamètre. La peinture, si peinture c'était, semblait moirée, un peu comme de l'huile dans une mare d'eau, et le mur de la fondation semblait légèrement convexe sous le cercle noir. En penchant lentement la tête vers la gauche puis la droite, il me semblait distinguer en filigrane des curieuses runes peintes à même le cercle, sous cette peinture moirée. Impossible de les voir clairement...

Je jetai un coup d'œil derrière moi vers l'escalier et le trou à travers lequel j'avais espionné les 'condamnés' spectraux qui m'étaient brièvement apparus. Ils s'étaient définitivement dirigés vers ce cercle.

J'habite dans une chambre louée dans un édifice vieillot mais en bonne condition et assez bien entretenu, dont tous les larges appartements d'origine ont été convertis en chambres à louer de dimensions respectables, habités majoritairement par des gens qui vont travailler tous les jours, mais dont le salaire ne leur permet que de subsister. J'ai de la chance car mon revenu cumulé après presque cinq ans d'investigation de phénomènes paranormaux me permettrait d'acheter cet édifice et les deux autres le flanquant sans sourciller, ce que je pensais à faire afin de pouvoir y abaisser les loyers. Je pourrais même dans un même temps m'acheter un chalet en pleine campagne, tiens, si le cœur m'en disait. Mais seul dans la campagne, je deviendrais complètement fou.

Je suis trop sensible au monde des esprits, et ceux qui hantent les lieux isolés sont plus élémentaires, plus puissants, plus chaotiques que ceux qui hantent les villes, et ils n'ont rien d'humain. Dans cette chambre parmi tant d'autres dans un édifice bourré de bonnes gens ordinaires, dans ce sanctuaire, derrière ce bouclier d'humanité, je peux quelquefois trouver le sommeil. Mon talent, lui, ne dors jamais.

Je loue aussi quelques autres grandes chambres, double celles-là, située sur le même étage mais sur l'autre versant de l'édifice. Elles contiennent ma bibliothèque personnelle comprenant plus de trois mille livres et près de trente térabits de documentation électronique que je devrais bientôt commencer à convertir en un format plus compact. Théologie, démonologie, parapsychologie, psychologie, anthropologie, archéologie, criminologie et sociologie y figurent de façon proéminente parmi beaucoup d'autres 'logies', sans compter l'histoire, l'architecture et bien sûr, l'occultisme traditionnel. On peut à peine y bouger; je suis souvent forcé d'aller lire dans l'autre chambre, celle où j'habite.

Mais pas cette nuit. J'emportai avec moi une chaise pliante dans une de mes bibliothèques et m'installai plus ou moins confortablement entre deux rayons sous un plafonnier pour travailler sur ces textes bizarres. Je ne voulais pas que ces étranges grimoires pénètrent dans la chambre où je vis, et surtout tentes de dormir, sous aucune considération. Je les suspectais même d'être reliés avec de la peau humaine.

Ce fut néanmoins une nuit passablement fructueuse. Je découvris que les manuscrits étaient des grimoires écrits, comme je le suspectais, en langue Énochienne, mais le très court lexique fourni dans ma documentation ne me permettrait jamais de traduire les textes. L'Énochien est un langage construit dont la structure semble avoir été élaborée à partir de l'anglais. Cette supposée «*langue des anges*», selon la légende, a été révélée par ceux-ci à un érudit des sciences occultes nommé John Dee à la fin du seizième siècle. Il était alchimiste et astrologue, cousin de la reine Élisabeth première d'Angleterre et aussi son conseiller personnel en matière d'occultisme.

L'Énochien est utilisé lors de rituels hermétiques sensés provoquer quelque révélation... même les occultistes contemporains n'ont pas réussi à trouver la signification de tous les mots de cette langue inventée. Son usage a été repris sans grande conviction par un autre occultiste nommé Aleister Crowley au début du vingtième siècle. J'étais déjà vaguement au courant de ses activités, mais n'y avais jamais porté une attention particulière. Aleister. Son nom ne m'échappait pas. Je poursuivis mes recherches.

-Photos en noir et blanc d'Aleister Crowley avec à ses côtés une jolie adepte aux yeux cernés de kohl et aux seins proéminents, semi vêtue pour aller danser le charleston en petite tenue d'inspiration orientale. La ligne de texte sous la photo disait qu'elle se nommait 'Desdemone'. J'adore ce nom, ou peut-être étais-je simplement fasciné par la sensualité qu'elle dégageait.

-Crowley qui fait une grimace pour la caméra dans une photo d'un format que l'on appelait 'carte de visite' à l'époque. La ligne de texte disait : «Nuits de Paris.»

-Crowley en tenue de vizir avec un acolyte. Un petit blond aux cheveux fous coupés en céleri. Le texte au bas de la photo disait : «Huxley : A prodigal son».

Rien de définitif ici. Pourtant, l'hôtel se nomme le Aleister. Il aurait été intéressant de le voir en arrière-plan de l'une de ces photos, tiens. Mais rien n'est jamais si facile.

Je n'étais pas vraiment plus près de mon but. Pourquoi cet endroit était-il si malsain? Comment cet édifice pouvait-il se protéger lui-même?

Je m'étirai en baillant et constatai qu'il était neuf heures du matin. Il était temps de retourner dans ma chambre pour un petit déjeuner bien mérité et placer un appel à un ami, professeur de théologie, qui pourrait peut-être m'aider à démêler tout ça bien mieux que je ne pourrais le faire en une seule nuit.

Après les salutations de convenance et s'être fixé un rendez-vous pour aller boire quelques bières, je lui exposai mon dilemme d'une seule traite.

Il eut un bref silence de réflexion.

«L'association du trio Crowley, Dee, et du langage Énochien avec un endroit vicié ne semble pas tenir. Certains endroits sont viciés et cela ne fait aucun doute. L'on pourrait parler de satanisme, par exemple, ou de certaines pratiques hérétiques chrétiennes ou druidiques dégénérées. Mais Crowley et John Dee n'ont jamais vraiment fait partie des ligues majeures, si tu vois ce que je veux dire.» dit lentement Claude.

«Crowley et Dee sont au satanisme ce que l'homéopathie est à la chirurgie?» dis-je.

«Ha! Bonne comparaison, Balthazar! Au fond, ils n'ont jamais vraiment aidez nous à sortir de ce purgatoire accompli grand-chose, ces deux-là.»

Je sentis le sang quitter mon visage et mon cœur presque s'arrêter. Une autre voix, lointaine, faible, s'était interjetée dans son discours, interrompant momentanément Claude pour ensuite le laisser poursuivre le cours logique de sa phrase. Une impossibilité. Je sentis ma peau se glacer comme sous la caresse de l'ange de la mort.

Que voulait dire *'aidez nous à sortir de ce purgatoire'*? Je fis un effort pour poursuivre normalement notre conversation.

«Excuses-moi, vieux, j'ai renversé un peu de café. Donc; ils étaient tous les deux des faussaires?» Le récepteur tremblait dans ma main devenue moite.

«Oui et non... à mon avis, Crowley semblait s'amuser à incarner le rôle d'une rock star de l'occultisme. Il était bien nanti de naissance et n'avait rien à gagner à extorquer les gens, financièrement du moins. Être une sorte de gourou flattait son énorme égo et lui fournissait des adeptes pour alimenter ses mœurs libertines. C'était un vieux satyre qui aimait contrôler les gens crédules ; intelligent, profiteur, provocateur et arrogant, mais pas vraiment un promoteur du mal.

John Dee, lui, a été à mon avis lui-même contrôlé. Un rêveur qui s'était associé à un personnage douteux nommé Kelly qui avait trouvé moyen de l'exploiter et de se rendre indispensable en lui faisant croire en ses propres fantaisies. Dee fut un personnage tragique qui mourût dans l'indigence. En aucune façon un génie du mal non plus. »

«Est-ce que le nom Huxley te dis quelque chose?»

«Euh, oui. Un écrivain du nom de Aldous Huxley a écrit 'Les diables de Loudun', un ouvrage fascinant sur la folie religieuse collective.»

«Non. Il serait trop jeune. Aldous Huxley n'aurait jamais rien eu à voir avec tout ceci de toutes façons.» Je cherchais à définir le centre de ma question, repris.

«Est-ce que c'est théoriquement possible qu'un illuminé, un adepte de magie rituelle, puisse faire quelque chose de très grave sans le vouloir?»

Marie Curie a fait sa découverte par accident et s'est tuée dans le processus. C'est grave, ça. Le téflon a été découvert purement par accident et un homme est mort lorsqu'il en aspira une goutte qui tomba sur sa cigarette. Il m'apparaît évident c'est ça c'est ça un accident que toutes sortes de choses peuvent arriver lorsque l'on joue avec des forces que l'on ne comprends pas.»

La tête me tournait. Les mots interjetés cette fois, *'c'est ça c'est ça un accident'*, semblaient venir directement confirmer mes doutes. Je tentais par réflexe d'avaler ma salive et ma gorge asséchée émit un petit

craquement. Claude ne remarqua pas le léger chevro-
tement dans ma voix lorsque je repris.

«J'aimerais que tu fasse quelque chose pour moi,
Claude. Je vais t'expédier à l'université par télécopieur
quatre mots, une feuille de musique et un échantillon
de texte. J'aimerais que tu me dises ce que tu en
penses.»

«Avec plaisir! Si tu promets de me tenir au courant
des développements. Tu est au théoricien ce que l'ar-
chéologue est à l'historien, et je t'envie à mourir. »

Je n'eût pas bien long à attendre. Il me répondit
par courriel.

Cher Balthazar,
C'est bien de l'Énochien. Je ne suis pas expert,
mais quelques petites choses ne collent pas. J'ai
comme l'impression que c'est peut-être du travail
d'amateur. Voici néanmoins la traduction des titres
des quatre grimoire:
PRGE (feu)
ZLIDA (eau)
CAOSGA (terre)
ZONG (air ou vents)
La feuille de musique maintenant : le titre, OL
ODO LAIAD EMETGIS GAH, signifie vaguement :
'Ouvre le sceau secret des esprits'.

V. R. DUMOULIN

Le symbole d'aspect vaguement runique tenant lieu de clé musicale au début de la portée est en fait composé des lettres du mot 'soleil' en script Énochien, et il est donc fort possible que ce soit un jeu de mot signifiant la clé de sol.

C'est évidemment une pièce pour violon, si je me fie à la notation, en Italien celle-là, de 'Violino' et ça me rappelle vaguement avoir lu quelque part que l'on disait de John Dee qu'il avait trouvé une façon de partir un genre d'engin rien qu'en jouant quelques notes de violon. Tout ceci colle bien avec Dee et son Énochien, qui est supposé être un puissant langage très musical, presque chanté, qui change de sens si les syllabes ne sont pas prononcées selon une durée et un ton adéquats et qui pourrait avoir un impact sur le monde physique.

L'échantillon de texte est une incantation. C'est assez confus, mais ça parle de 'bases' et de 'piliers' au sens figuratif, je crois. Le texte revient souvent sur un 'temple sacré' et un 'temple caché' qui semblent être la même chose et se trouves au centre des préoccupations de l'auteur.

Allez, c'est le mieux que je puisse faire. Tu me raconteras tout ça autour d'une bonne bière (ou dix)!

Amitiés,

Claude

Feu, eau, terre, air ou vents. Un grimoire rempli de rituels en Énochien pour chaque élément de la nature selon la conception qu'Aristote et Platon se faisaient de la composition de l'univers matériel.

Et si l'on rassemble les quatre grimoires...

Des voix qui clament être au 'purgatoire' par 'accident'?

Une partition de violon à la John Dee qui *'Ouvre le sceau secret des esprits'* ? Un hôtel qui absorbe toute l'énergie l'environnant et qui pourrait bien abriter un portail magique dans son sous-sol ?

Mon Dieu!

Quelqu'un avait tenté de créer un autre monde!

Tout le reste de la journée, j'avais couru d'un bout à l'autre de la ville pour rassembler tout ce dont j'avais besoin. J'avais aussi sorti de la boule à mites ma salopette d'entraînement tactique de la police que j'avais gardée après avoir démissionné, sans les écussons bien sûr. Les bottes de combat tactiques étaient encore les plus confortables que j'aie jamais possédé. J'avais aussi acheté un casque de motocycliste semblable à ceux que portent les escouades anti-émeute pour remplacer le casque de sécurité de la construction que je devrais porter sur le chantier. Ceux-ci ont tendance à tomber lorsque l'on doit bouger vite, et j'avais l'intention de bouger très vite.

Je terminais de boucler les dernières sangles en signifiant à Gaspard d'arrêter son taxi, une vénérable Mercedes, parmi les autres véhicules stationnés de ce côté de la balise. Nous pouvions voir le groupe d'hommes rassemblés plus loin, presque dans la zone.

«Pourquoi ne pas aller plus près?» demanda Gaspard.

«Les moteurs arrêtent de fonctionner si on approche le site de près. Le courant électrique est absorbé quelque part. Dans un autre monde, je crois. Et je dois aller y fouiner maintenant.»

«Pfff! J'aurai tout vu avec toi, Boss.» fit mon ami sur un ton jovial. Il me tendit un objet dans un sac en papier brun que j'insérai délicatement dans mon grand sac à dos auprès du reste de son précieux cargo.

«Maintenant je comprends pourquoi tu voulais ça, Boss.»

Le groupe était silencieux et tendu alors que nous approchions.

Brunetta vint à ma rencontre. Il ne parût aucunement surpris de me voir dans cette tenue de commando de trottoir.

«M Barrasco, le Grand Patron, m'a dit qu'il s'en venait voir ce qui retarde les travaux. J'espère de tout cœur qu'il sera lui-même retardé jusqu'à ce que tout soit terminé.» Brunetta paraissait extérieurement aussi fébrile que je me le sentais intérieurement. Yeux pochés, lèvres serrées ; il était visiblement exténué et un tic nerveux faisait quelquefois danser la gavotte à sa paupière droite. Je posai ma main sur son épaule, faisant un effort pour lui transmettre un peu du calme intérieur que je gardais en réserve dans mon centre. Quelquefois, ça marche.

«Ne vous en faites pas. Vous me l'enverrez quand je... quand j'aurai fini. Il faut que j'y aille, maintenant.»

«Le grand moment?» Au moins, sa paupière avait arrêté de sauter.

«Oui. C'est le temps.» répondis-je. «Tout est en place? Pas trop de problèmes?»

Il haussa les épaules.

«Tout est en place. Ces gars-là qui sont restés ici sont braves. Certains sont devenus violents, mais ramenez un petit morceau de moi rien qu'un petit morceau tout le monde était vigilant, cette fois. Rien de grave.»

Je dissimulais ma surprise. Encore un message. «*Ramenez un petit morceau de moi'*. C'est ce qu'ils voulaient que je fasse pour eux? Pourquoi pas? Peut-être est-ce ainsi qu'ils seraient libérés? Ramener un petit morceau... par réflexe, ma main effleura subtilement mon couteau de combat qui était sanglé à l'envers à ma poitrine.

«Tant mieux. Pourriez-vous me trouver un gros sac en plastique, s'il vous plaît?»

Brunetta passa le mot et un des hommes revint en courant avec un épais sac à déchets, que je fourrais dans l'une des multiples poches de ma combinaison, sensées contenir des chargeurs de rechange.

«Merci. N'oubliez pas. Attendez mon signal.» Je me mis en route vers les décombres du Aleister Manor en ajustant mon sac à dos sur mes épaules, marchant parmi les hommes qui me regardaient, l'air sombre et solennel, en s'écartant lentement de mon chemin.

«Bonne chance. » chuchota l'un d'eux.

«Oui, revenez-nous rien qu'un petit morceau en une seule pièce.» vint une autre voix. *'Rien qu'un petit morceau de moi rien qu'un petit morceau...'* La supplique se répétait maintenant sans cesse à tout azimuts, devenait une cacophonie difficile à endurer.

J'avais définitivement un nœud dans l'estomac alors que j'ajustais le câble d'alimentation électrique que je portais en bandoulière, tentant d'ignorer les supplications qui étaient passées de criardes à stridentes dans ma tête, en pivotant sur moi-même pour mettre le pied sur le premier degré de l'échelle.

Toutes les voix se turent.

On aurait dit que, dans les deux mondes, tous semblaient maintenant retenir leur souffle. Je jetai un dernier coup d'œil autour de moi, puis abaissai mon regard dans l'inquiétante obscurité sous mes pieds.

Showtime!

Le câble électrique était différent de celui que j'avais emporté lors de ma première visite avec patate. Il était mieux isolé et donc plus pesant. Celui-ci et mon sac à dos ainsi que son contenu fragile représentaient maintenant l'essence même de ma survie. C'est donc avec beaucoup d'égards envers ceux-ci que je descendis lentement l'échelle. Le craquement de l'échelle, puis le silence de tombe de la cave vint remplacer la rumeur du chantier. En bas, je m'emparais de la lampe qui clignotait toujours là où je l'avais laissée hier pour l'accrocher au plafond devant le cercle noir, le sceau.

Je tirais ensuite le nouveau câble électrique vers moi en l'enroulant en spirale à mes pieds devant le sceau tandis qu'un ouvrier m'en fournissait le reste de l'extérieur. J'arrêtais lorsque je vis apparaître le petit chiffon rouge noué au câble, signifiant la fin de celui-ci. J'ajoutais le rouleau que j'avais en bandoulière avec soin de façon à pouvoir le tirer avec moi librement en passant... de l'autre côté.

Agenouillé devant le sceau, je m'emparai de l'instrument que j'avais fait fabriquer à la hâte.

V. R. DUMOULIN

Trois générateurs de tonalité servant à accorder les instruments de musique, les meilleurs sur le marché, étaient fixés l'un à côté de l'autre à une petite planche de contreplaqué. Numérotés 1, 2 et 3 au crayon feutre, chacun était réglé pour donner un des tons que l'on retrouvait sur la feuille de musique. Quelques gouttes de colle époxy autour du cadran de chaque sélecteur de tonalité m'assuraient que ceux-ci ne bougeraient plus jamais. Les trois instruments étaient reliés à une seule entrée d'alimentation électrique, elle même fixée à la lèvre de la planche. Je dégrafais le câble électrique de ma ceinture et le raccorda. Trois petits témoins rouges s'allumèrent. Le spécialiste en électronique de Brunetta avait bien accompli son travail.

De généreuses applications de large toile gommée grise sécurisèrent fermement la connexion.

Je tirai ensuite quelques profondes inspirations de cet air à la fois humide et poussiéreux et mes mains cessèrent de trembler.

L'espace d'une seconde ou deux, je fis glisser en avant le contrôle d'allumage du premier instrument, puis le ramenai vers moi pour l'arrêter. La première note résonna pour aller se perdre dans les ténèbres. Je fis de même pour la deuxième tonalité. Je laissais ensuite le commutateur de la troisième tonalité en position et poussais simultanément les deux premières en avant de façon à produire l'accord voulu, tel que noté sur la feuille de musique Énochienne. Retentit un accord mineur dissonant, à la fois mélancolique et vaguement inquiétant.

J'essuyai la sueur à mon front sous la bandoulière du casque. Je m'étais efforcé de tenir mentalement on certain tempo mais, la nervosité aidant, cela n'avait peut-être pas été parfait et j'aurais probablement à recommencer souvent. Je n'avais jamais joué du générateur de tonalité auparavant...

Un coup d'œil devant moi me glaça le sang. C'était comme se trouver devant un long tuyau d'égout du même diamètre que le cercle noir. Car celui-ci avait maintenant disparu.

Le portail entre les deux mondes était ouvert!

Pas de tourbillon de lumière à la '2001 L'odyssée de l'espace', pas d'effets spéciaux ou de pyrotechnie. Rien qu'un passage cylindrique aux noires parois se terminant à l'autre extrémité sur une petite pastille de lumière jaune fade.

Je me procurai une cannette de bière d'une poche de ma salopette. J'en bus la moitié en quelques longues lampées, pour ensuite poser la cannette sur la terre battue près de la gueule béante du passage.

«Je boirai le reste en revenant...» me promis-je, à mi-voix.

Serrant d'une main l'appareil fermement collé contre ma poitrine en tirant le fil derrière moi de l'autre, je m'engageai dans le passage menant à ce monde qui avait été, tout comme l'Énochien, fabriqué de toutes pièces.

J'émergeais du passage pour constater que je me trouvais au fond du ravin, directement devant le tunnel du pont ferroviaire, mais de l'autre côté. Selon la position du soleil j'étais du côté sud qui, dans mon monde, avait été complètement enterré sous une vingtaine de mètres de remblai et ensuite aplani au bulldozer. L'intérieur du tunnel ferroviaire était complètement bouché par une avalanche de terre ici aussi, mais dans l'autre sens, vers le nord.

Je posai précautionneusement au sol mes générateurs de tonalité un peu à l'écart de l'entrée du portail, qui heureusement produisaient toujours leur accord énervant. Je remontai lentement la pente. Le sable jaune était dur sous mes bottes, comme du sable de plage mouillé. Je jetai un coup d'œil aux alentours pour voir si les rails de chemin de fer rouillés se perpétuaient aussi ici et ce que je découvris me rendit très perplexe. Les deux rails émergeaient bien du tunnel pour aller s'évanouir dans la pente, mais ceux-ci n'étaient plus des rails. Le froid métal gris-noir et son épaisse patine de rouille étaient devenus ici des centaines, des milliers de petits galets plats en forme de demie lune, presque de la même couleur que le sol, s'emboîtant pour former une sorte de mosaïque recti-ligne imitant des rails de chemin de fer.

C'est alors que je constatai que je projetais deux longues ombres devant moi, se répandant à partir de mon corps en forme de 'V'. Je pivotai sur moi-même en levant la main devant mes yeux. Il s'avéra inutile d'abriter ma vue; la lumière jaunasse des deux soleils était assez pâle pour que je puisse les regarder direc-tement sans en être trop incommodé. Les soleils ju-meaux avaient eux aussi tous deux la forme de demie lunes. Puis j'abaissai mon regard au sol vers mes traces de pas, faiblement imprégnées dans le sable, et cela me provoqua une nausée difficile à réprimer.

Chaque trace de pas que j'avais laissé derrière moi dans le sable en marchant avait cette même forme de demie lune, cette forme qu'un rail de chemin de fer ou qu'un soleil ne devraient jamais avoir. Pris d'une sou-daine panique, j'examinais mes mains et mes pieds. Tout semblait normal.

Toute manifestation de ma personne physique était transformée ici, comme gauchement traduite, bien que mon apparence demeurait la même, du moins à mes yeux. Je m'accrochai désespérément à la raison; un sentiment de panique me tordait les tripes. Quelque chose me disait que si je me donnais la peine d'exami-ner de près un des grains de ce sable... ou même que si j'avais un microscope...

V. R. DUMOULIN

Je suis un vieux routier de l'insolite. J'ai toute ma vie été familier avec le monde dit 'normal' aussi bien qu'avec celui des esprits que j'ai toujours vus en superposition, aussi naturellement que les gens voient à la fois un objet et l'ombre qu'il projette sans en être pour autant dérangés. Mais tout ici dans ce monde avorté, cet étrange cauchemar structuraliste dans lequel je me retrouvais maintenant, me tournait carrément l'estomac. Pour une fois, je crois que j'étais en mesure de comprendre parfaitement l'effroi que mes clients me manifestaient lorsqu'ils se retrouvaient soudainement confrontés au forces paranormales.

Je grinçais des dents en résumant mon ascension de la pente. Progressivement, ce monde de cauchemar se révélait en même temps que s'estompait derrière moi le son de l'accord qui représentait ma seule issue. Une brume collée à moins de deux mètres du sol rendait floue la vision à plus d'une centaine de mètres, mais je pouvais quand même distinguer au loin les étages supérieurs du Aleister Manor. La brume dans laquelle j'avançais était d'une teinte de rose que l'on appelle 'vieux rose' et sentait vaguement l'encre de chine, définitivement pas une de mes couleurs ou une de mes odeurs favorites.

Quelques vifs petits éclairs d'électricité statique couraient quelquefois dans cette brume. Ils étaient, eux, d'un rose éblouissant qui laissait une image persistante sur ma rétine lorsque je fermais les yeux. Je tentai de mon mieux de les éviter et, heureusement, ils ne semblaient pas s'intéresser à moi.

Çà et là poussaient des objets ressemblant à des cactus que les éclairs venaient visiter de temps à autres. À l'horizon se dressait le sommet de quelques grandes montagnes. Non... pas vraiment des montagnes mais plutôt d'énormes dunes composées de ce sable jaune qui représentait dans ce monde, ce semi monde, l'élément principal du paysage. À ma droite et à ma gauche la brume s'estompait et le paysage était plat, sans caractéristique, s'étendant à perte de vue. Salvatore Dali se sentirait peut-être à l'aise ici; pas moi.

Je repris ma marche vers cette deuxième version du Aleister. Les cactus semblaient avoir été plantés de part et d'autre du chemin menant en droite ligne à l'hôtel à partir du portail. Le son de mes génératrices de tonalité finit par disparaître complètement derrière moi alors que je m'en éloignais. Je réprimai un moment de pure panique pour continuer ma marche.

J'ai toujours été, par la force des choses, un solitaire. Après avoir réintégré le monde séculier, j'ai essayé de me trouver une compagne avec laquelle je pourrais partager ma vie et mon amour et faire à nous deux la plus belle chose que l'on peut faire : un petit bébé! C'est presque arrivé une fois... et la vie me l'a

arraché. Mon talent, ou plutôt ma malédiction, faisait
s'éloigner de moi les femmes. Je croyais donc en consé-
quence être devenu un solitaire endurci.

Mais ne plus entendre cet accord irritant faisait
maintenant de moi véritablement l'homme le plus seul
au monde. Je venais de franchir un tout nouveau niveau de solitude.

En m'approchant du premier de ces cactus, je réalisais qu'il n'était pas ce qu'il semblait être. Ce n'était
pas une plante. C'était une traduction d'un être humain, gracieuseté de ce plan interlope bourré d'erreurs,
un genre de statue difforme qu'avait réalisé ce monde à
partir d'un homme. Et ce n'était pas joli...

L'objet grotesque était ovoïde allongé, avait un peu
la forme d'un menhir inversé et les détail physiques de
ce qui avait jadis été un corps humain se confondaient
en se conformant en majeure partie à sa surface. Son
visage était allongé et étiré de côté, le menton se terminant en pointe au bout de son 'épaule' gauche, et
chacun de ses traits était grossièrement accentué,
comme surlignés d'un fusain rageur par un artiste Da-
daïste malicieux. Un œil minuscule me fixait tandis
que l'autre, énorme et plat, se perdait dans le vide.
L'expression que vomissait ce vestige de visage dans
son ensemble n'avait plus grand chose d'humain.

Ses jambes se fusionnaient en une seule. Ses deux
bras faisaient plusieurs fois le tour du corps dans le

sens des aiguilles d'une montre en s'y fondant presque totalement. Ils se terminaient par de longs doigts tentaculaires. Un lent mouvement attira mon attention directement sur ceux-ci. Deux de ces doigts étaient imparfaitement collés au galbe du corps et bougeaient lentement, comme un faible signal de détresse.

L'œil minuscule me fixait toujours et j'y vis cette fois ce profond désespoir assommant qui m'avait assailli en regardant passer l'image spectrale de ces gens dans les ténèbres de la cave. J'y vis une supplication frénétique et désespérée. Encore une fois, je réprimai un assaut de nausée.

C'est lui. Ce sont eux, ces humains devenus cactus ou menhir dans cet univers d'aberrations, qui m'avaient suppliés de ramener avec moi dans mon monde 'un petit morceau' d'eux. Leurs essences, leurs substances, leurs âmes étaient accrochées ici comme des coraux à des rochers submergés dans une mer de sargasse empoisonnée. Je comprenais maintenant aussi pourquoi je n'avais pu détecter leurs 'momento mori' sur le chantier. Il se trouvait ici!

J'étais dans l'antre d'un moissonneur d'âmes.

Alors même que me venait cette révélation, un mince éclair rose vint caresser cette chose ovoïde, ce qui restait de ce pauvre homme. L'éclair courut en craquelant partout sur sa surface une seconde, ricocheta, augmenté, vers un nuage de brume, puis vers un autre, et disparût à ma vue. Les doigts cessèrent de bouger alors qu'une sorte de mugissement pathétique étouffé, à peine audible, émana du menhir frémissant sous mes yeux éblouis par l'éclair.

J'extirpais le sac à ordures de l'une des nombreuses poches de ma combinaison pour le déplier et l'ouvrir. Ma main droite dégaina résolument mon couteau. Je ne tenais pas du tout à toucher à ce corps dévasté. J'enfilai donc l'embouchure de l'épais sac noir autour de l'un des dextres semi détachés et le coupai là où il émergeait du menhir. La texture du doigt sous ma lame finement aiguisée me rappelait mordre dans un cœur de bambou. Le doigt effilé tomba lourdement au fond du sac. Instantanément, il s'en dégagea une odeur affreuse, comme celle de l'encre de chine surhaussée de celle d'un animal marin en décomposition. Je fermai le sac, regrettant d'avoir mangé avant de partir.

La brume devenait plus transparente alors que je m'approchais du second menhir et je pouvais maintenant compter au moins une vingtaine de 'cactus' humains sur mon chemin menant au Aleister. Le deuxième cactus était surmonté d'une crête blanche ovoïde que je reconnût être un casque de travailleur de la construction aberré. Blanc. Probablement le contremaître au cou brisé dans la fourgonnette du ravin, ou bien celui qui fut poignardé par un ouvrier. Mon couteau fit son œuvre.

UN FANTÔME, UN DÉMON, UN SORCIER

Le troisième menhir semblait représenter ce qu'il restait d'une dame vêtue d'une longue robe que je déchiffrais provenir de l'ère Victorienne. Ses doigts étaient totalement fusionnés à son corps. Son chignon grisonnant vint donc rejoindre les autres échantillons au fond de mon sac puant. À mesure que j'approchais de l'hôtel en accomplissant ma désagréable besogne, j'observais avec une certaine appréhension les éclairs qui dansaient ici et là dans la brume, me frôlant quelquefois, mais ne me touchant jamais comme l'auraient pourtant fait de vrais éclairs. Ils semblaient avoir une besogne à accomplir eux aussi, peut-être même posséder une sorte d'intelligence rudimentaire qui leurs était propre. Ils paraissaient toujours repartir plus gros plus puissants, comme nourris après avoir torturé un menhir.

Je m'agenouillais sur le sable dur et sec devant la porte du Aleister pour poser sur le sol mon sac en plastique contenant ma collection de tous les 'petits morceaux' provenant de chacun des cactus et en extraire l'air, en prenant soin de retenir mon souffle pendant l'opération. J'en tortillais hermétiquement l'embout. Vingt-trois 'petits morceaux' en tout habitaient maintenant ce sac à déchets pour âmes perdues. Je nouais ensuite le sac autour de ma ceinture pour que son contenu pende pesamment, tel une gourde militaire, derrière ma hanche gauche.

Mis à part les restes des quelques ouvriers et des contremaîtres de la construction, tous les autres corps avaient affiché un style vestimentaire datant de presque cent ans. Victimes des erreurs de leur maître spirituel, ces malheureux cultistes étaient probablement demeurés figés dans ce désert malsain pendant près d'un siècle, lui servant de batteries...

Le Aleister, maintenant.

Il semblait avoir pris un sérieux coup de jeunesse, le vieux Aleister. Les briques cariées semblaient maintenant presque neuves. L'enseigne qui proclamait 'PRIVATE HOTEL-Members Only' semblait fraîchement peinte. Des gouttières en fonte toutes neuves descendaient l'arête des murs de la façade.

Les lettres des mots 'Aleister Manor' gravées dans la pierre calcaire étaient ici beaucoup plus nettes. Cependant, la pierre ne disait plus 'Aleister Manor'.

On y lisait maintenant 'Huxley Manor'.

Ici aussi la porte avait été laissée grande ouverte. Curieuse attitude pour un club qui est sensé être privé, mais il est probable que les visiteurs doivent se faire assez rares dans cette bulle désertique...

En grimpant les marches de pierre grise j'étais presque soulagé de m'éloigner de ce décor surréaliste, mais mon quasi soulagement fut de courte durée. À première vue, tout semblait normal dans le hall d'entrée du Aleister/Huxley. Un coquet chandelier pendait au plafond. La tapisserie originale des murs était propre et intacte et le terrazzo, sans craquelures.

Puis je vis que, tel un tapis posé de travers de façon négligée, le revêtement de terrazzo au sol grimpait à la surface du mur gauche au fond du corridor tandis qu'à ma droite, la tapisserie du mur recouvrait un angle correspondant du plancher. Quelques pas plus avant et je pouvais constater que ce n'était pas là la seule anomalie de cette version de l'Aleister.

Quelqu'un attendait derrière la porte du bureau, prêt à recevoir les visiteurs. Mais la partie inférieure de la porte formant un petit comptoir de réception avait été laissée ouverte et seule la partie supérieure était fermée. L'on ne voyait donc que le bassin et les jambes de l'homme qui semblait attendre là de l'autre côté, le nez vraisemblablement collé sur un segment de porte fermée. L'on ne voyait de sa personne que son pantalon qui était impeccablement pressé et ses souliers resplendissants de cirage noir.

En avançant lentement jusqu'à la porte, je me penchai pour tenter de voir le reste de l'individu à l'intérieur du bureau. Mais le reste n'était pas là. Le corps se terminait à l'endroit où la porte close commençait.

Une autre mathématique physique affreusement ratée lors de la création maladroite de ce monde.

«Bienvenue.» fit une voix exsangue qui me fit sursauter et me redresser rapidement en frappant mon casque contre la partie supérieure de la demi porte.

J'ajustais mon casque et me penchai à nouveau pour voir à l'intérieur de la pièce.

Le reste de ce préposé à l'accueil occupait une chaise derrière ce bureau qui était maintenant intact. Seuls la tête, le tronc, et les deux bras s'accrochant à la surface du meuble étaient visibles. Le visage exprimait à la fois de l'étonnement et une profonde servilité. Ses cheveux noirs étaient séparés au milieu et impeccablement tenus en place avec une sorte de pommade luisante. Le haut collet empesé aux coins repliés s'ornait d'un nœud papillon. Un grand livre était ouvert devant lui. Ses pages étaient blanches.

«Bienvenue.» répéta une bouche qui aurait été plus à sa place sur la tête d'un pantin, d'une voix faible et monotone. Ses yeux tentaient de me regarder directement, mais semblaient toujours converger malgré eux vers ma droite, comme inéluctablement attirés à contempler, sans vraiment comprendre, l'autre moitié de son corps debout derrière la porte.

«Merci bien. Êtes-vous le fondateur de ce club privé?»

Ses yeux se fermèrent lentement et sereinement alors que naissait un sourire à ses lèvres. Le sourire allait en s'élargissant et devint démesuré. Puis le sourire grotesque parla, difficile à regarder.

«J'ai l'honneur d'être son assistant et plus proche collaborateur. Voilà pourquoi j'ai conservé ma forme au lieu de devenir un pauvre guignol minable comme tous les autres là dehors.» Son sourire disparût et ses yeux s'allumèrent d'une lueur sauvage.

«Voilà pourquoi je suis CONGRU!» cracha-t-il.

«Est-ce que...»

«CONGRU!» Ses yeux se croisèrent. Son expression était devenue carrément féroce.

«Mais bien sûr, vous êtes admirablement congru. Est-ce que le fondateur est aussi merveilleusement congru que vous l'êtes?»

Le visage se radoucit.

«Le fondateur est le plus congru de nous deux. Il a les sangles.»

«Les sangles... bien sûr. Est-il possible de le rencontrer?»

«Un instant.» Ses yeux examinèrent longuement les pages vides du livre devant lui tandis que Balthazar sentait qu'il allait bientôt se remettre à grincer des dents.

«Il me semble qu'il pourrait vous consacrer un petit moment. Je vais vérifier s'il est disponible.» Il regarda dans un coin de la pièce. Une trompe en bronze y pendait au bout d'un tube, une sorte de téléphone primitif comme on en trouvait sur les navires il y a longtemps. Puis il regarda la partie détachée de son corps immobile à mes côtés. Sa tête, ses mains et même les jambes à mes côtés s'agitèrent d'un court spasme à l'unisson.

«Vous pouvez entrer...» dit-il, l'air confus. «Troisième étage...»

«Merci monsieur.»

Je traversai le grand hall qui semblait avoir retrouvé son état virginal; son décor suranné intact, des napperons de dentelle éclatante de blancheur couvrant divans, tables et fauteuils. La surface du bar était cependant inclinée de côté et plongeait vers l'avant. Des verres à pied alignés en rang sur sa surface étaient, eux, tout droits, comme s'ils avaient été soufflés de travers pour accommoder la surface irrégulière, puis collés en place sur le bar. J'arrivais au pied d'un large et somptueux escalier qui montait vers les étages supérieurs à partir du couloir du fond.

Sa disposition était complètement contraire à la logique. L'escalier était de loin beaucoup plus grandiose que les dimensions modestes de l'édifice pouvaient possiblement lui permettre de l'être. Des chandeliers l'éclairaient en suivant la gracieuse spirale qui menait au deuxième étage, mais aucune ampoule, aucune chandelle n'y était suspendue. La lumière jaunasse qui en émanait était la même que celle des soleils binaires à l'extérieur. J'ouvris une porte près des marches. Un autre escalier, celui-ci de facture purement utilitaire, disparaissait dans les ténèbres du sous-sol. Je refermai lentement cette porte, songeur. La fastueuse spirale m'attendait, illuminée comme par une nuit de bal.

Je posais le pied sur la première marche et fus un instant glacé sur place d'un élan d'horreur qui faillit balayer tout mon contrôle de mes émotions. Peur que l'irrationalité, la folie ne m'emportent. J'allais tenter de détruire ce monde et tous ceux dont je n'avais pas collecté 'un petit morceau' avec lui. Mais je me devais auparavant de m'assurer que le 'Fondateur' et son assistant n'étaient pas des innocents comme ces malheureux guignols à l'extérieur.

Pour un simple cas de conscience, je m'exposais à un destin horrible dans ce monde insane.

Quelquefois, j'aimerais bien ne pas être Balthazar Landry.

Le couloir du deuxième étage était sombre, les portes des chambres disparaissaient en se succédant dans l'obscurité. Je n'avais aucun désir de m'y aventurer, redoutant ce que je pourrais y trouver, mais j'ouvris quand même la première porte venue. C'était une chambre d'aspect normal à part la tête désincarnée d'un homme qui reposait au milieu du lit. La tête regardait droit devant au plafond et répétait «Blablabla, blablabla, blablabla...» sans cesse. Je refermai la porte avec un frisson et continuai à grimper lentement jusqu'au troisième étage, me promettant de ne plus ouvrir de portes au hasard. Un seul petit chandelier éclairait le palier sans fenêtres du troisième où deux larges portes semblaient m'inviter à réviser mes priorités. À nouveau, je pris une longue inspiration en saisissant les deux poignées pour ouvrir résolument tout grand les battants.

La grande pièce occupait le reste de l'étage et certaines aires en étaient illuminées, comme plusieurs petites scènes de théâtre, tandis qu'entre ces aires l'obscurité se faisait quasi-totale. Comme l'escalier, cette pièce semblait plus grande que l'Aleister/Huxley.

À droite, le mur couvert de rayons de livres bornait un espace de travail avec un bureau, un gros fauteuil flanqué d'un cendrier sur pied et le coffre fort Mosler. À gauche, un laboratoire composé de quelques longs établis bondés d'instruments de chimie désuets où s'empilaient aussi d'énormes vieux livres. Cela avait plutôt l'apparence d'un laboratoire d'alchimiste que de celui d'un simple apothicaire. Au centre des établis se trouvait une antique table à dissection, heureusement inoccupée.

Le tout projetait l'image même des appartements privés d'un 'homme de la renaissance', un intellectuel aux intérêts éclectiques.

Le Fondateur m'attendait, immobile au fond de la pièce, dans son propre petit îlot de lumière. Il était assis, impeccablement vêtu comme un personnage de la haute société de son époque, sur une gracile chaise Chippendale dans l'attitude droite et noble d'un sénateur romain, hormis sa main gauche manucurée qui était posée sur une délicate petite table comme pour écrire. Un pot de fleur posé sur un haut piédestal flanquait la table. Derrière lui, une grande tapisserie représentant une scène pastorale venait compléter la scène. Le Fondateur semblait prêt à être immortalisé en tons sépia par daguerréotypie. C'était bien Huxley, le Fondateur, le *'prodigal son'* de la photo, mais en plus âgé et moins la coupe de cheveux en céleri.

Deux détails inquiétants venaient cependant déroger à la norme de ces charmantes photos antiques.

Les corolles des fleurs dans le pot avaient la forme de demie lunes et deux sangles de cuir parallèles traversaient en diagonale la poitrine du Fondateur. L'étude du détail des plis dans ses vêtement révélait que le Fondateur était lui aussi coupé en deux, mais de l'épaule gauche à la hanche droite. Les sangles le retenaient... congru.

J'avançais jusqu'à deux mètre de lui. Il me regarda venir, impassible. Ses cheveux blonds étaient maintenant taillés dans le style Prussien : cheveux très courts séparés au milieu rasés sur les côtés et à l'arrière comme pour simuler les deux hémisphères du cerveau.

Ses yeux, contrastant avec son teint blafard, étaient d'un noir saisissant.

«Monsieur Huxley je présume?»

Il hocha lentement une seule fois la tête.

«Et à qui ais-je l'honneur?» s'enquit-il d'un ton cultivé légèrement teinté d'un accent britannique. Cambridge, à coup sûr.

«Balthazar Landry. Je suis investigateur de phénomènes paranormaux, et je puis vous aider à trouver la paix, vous et votre assistant.» Inutile d'y aller par quatre chemins.

«Trouver la paix, dites-vous? Et comment donc proposez-vous accomplir cela pour moi?» Un très léger sourire amusé s'esquissa à ses fines lèvres.

«Si j'ai bien compris, il est possible que vous puissiez tous trouver la paix lorsque j'amènerai avec moi une partie de vous dans le monde réel. C'est ce que ces malheureux qui sont paralysés dehors m'ont signifié... à leur façon» répondis-je en pointant le sac à ordures attaché à ma ceinture.

«Mes serviteurs ont encore fait des siennes, à ce que je vois. Ils ont tendance à prendre certaines libertés lorsque je les envoie en mission pour capter du pouvoir dans l'ancien monde. Crowley m'avais dit qu'en théorie, les âmes seraient difficiles à maîtriser une fois rendues de l'autre côté du portail et il avait raison, pour une fois...»

«Aleister Crowley? Il est avec vous dans ce... projet?»

«Il l'était, mais il s'est désisté à New York. Il n'avait aucune confiance en la forme de magie que j'avais l'intention de pratiquer. Ou le courage, d'ailleurs. Lui et son petit sexe et sa 'Magick'! J'ai donc amené l'hôtel ici et créé seul mon œuvre grandiose.» Huxley eut un rire moqueur. «Il doit encore parcourir Greenwich Village dans tous les sens en se demandant où est passé son hôtel, ce pauvre minable. Il n'avait pas l'envergure de comprendre à quel point je suis puissant.»

Greenwich Village. Mais bien sûr! Le panneau indicateur des rues sur le côté de l'hôtel annonçait à l'origine 'BLEEKER STREET', le reste ayant été anéantis par la rouille, et affichait cette rue qui avait été transversale à l'hôtel dans le Greenwich Village de New York.

«Amené l'hôtel? Pardonnez mon ignorance, mais comment amène-t-on si loin un hôtel en entier?» La curiosité a tué le chat, paraît-il, mais j'étais pris au jeu. Et, bien que curieux, je ne suis pas un chat.

«Des âmes, de précieuses, de délicieuses et puissantes âmes! Ma magie brûle de l'énergie, particulièrement celle des âmes. Elles représentent une grande source de pouvoir, si on possède la science de les faire se consumer adéquatement comme on le ferait pour...» il fit un geste vague «...une crêpe Suzette?»

Il se cala délicatement dans sa chaise, entamant un récit qu'il lui faisait visiblement plaisir de narrer. Après tout, on doit s'ennuyer dru après plus de cent ans dans ce monde Daliesque.

«Un beau samedi, un feu meurtrier a éclaté dans une manufacture de chemises près de notre hôtel et cent quarante-six ouvrières y furent brûlées vives parce que les sorties d'urgence avaient toutes été verrouillées par ordre de la direction. Le propriétaire de la compagnie avait posé ce geste simplement à cause qu'une fois, une seule fois, il s'était fait voler pour une valeur de vingt-cinq dollars de tissu. Devinez qui a volé ce tissu? Devinez qui lui a suggéré de verrouiller les portes et devinez qui a ensuite mis le feu?» demanda-t-il en se penchant vers moi, sourire narquois.

Cela ressemblait fichtrement à une série de questions rhétoriques.

«Vous?»

Il leva les deux bras en l'air et son sourire devint triomphal.

«Moi! Bravissima! Je le connaissais bien, ce propriétaire, et je connais parfaitement la nature humaine. J'ai créé l'occasion. C'est là une grande part de l'essence même de la magie. Cent quarante-six âmes mourant de leurs délicieuses souffrances furent plus que suffisantes.» Il éclata de rire et il me sembla que sa mâchoire s'était légèrement déformée alors qu'elle s'ouvrait, comme l'avait fait celle du portier.

«C'est fantastique, je crois.» éructais-je, en panne de qualificatifs et réalisant que mes chances de sauver cette âme étaient nulles. Il ne démontrait aucun regret de ses actions. Au contraire, il exultait de ses crime.

Huxley se rassied, l'air satisfait, en examinant les ongles de sa main gauche.

«Mais au fait, vous devriez déjà savoir tout ça. Vous êtes bien l'émissaire de l'Ordre Hermétique de l'Aube Dorée que j'attendais, n'est-ce pas?» susurra-t-il en me regardant maintenant les yeux mi-clos.

«Non, je ne suis pas membre de cet ordre. J'ai cependant été jadis prêtre. Un ordre d'un tout autre ordre, pourrait-on dire.» fis-je en haussant les épaules. «Est-ce qu'on y va? Le portail pourrait se fermer...»

Ses yeux s'enfoncèrent dans leurs orbites pour devenir de petits points noirs. Sa voix se fit rauque et son débit staccato.

« Un prêêêtre?! Je maintiens ce vers sans queue ni tête de Jérémie en vie avec ma propre énergie vitale et il laisse pénétrer en mon auguste présence *some damned CLERIC*?»

Toute prétention de finesse s'évanouit. Il se recroquevilla un peu sur lui-même. Puis son apparence en entier changea, ses formes devenaient grotesques, ir-

réelles. Sa taille gonflait à vue d'œil et ses traits devenaient presque caricaturaux et vils comme ceux d'un
clown schizophrène meurtrier à la John Wayne Gacy.
Il se pencha loin en avant, faisant craquer les sangles
sur sa poitrine qui semblaient poussées à leur extrême
limite d'extension, inclina la tête. Son regard vrilla le
plancher à sa droite.

«Tu brûles, Jérémie...» murmura-t-il sèchement.
Instantanément, un long cri d'atroce douleur parvint
du rez-de-chaussée par la cage de l'escalier.

Un rictus horrible coupait maintenant en deux son
visage devenu infernal. Il leva un doigt accusateur vers
ma personne. L'index difforme s'allongea jusqu'à
quelques centimètres de mon nez.

«Prêêêtre. *LITTLE noisome cleric!*» cracha-t-il.
Une sorte de rire creux comme des galets emportée par
un vif courant émana de quelque part dans sa poitrine.
«Ton Dieu t'a abandonné ici, car ici dans MON monde
que j'ai MOI-MÊME créé, c'est MOI qui suis DIEU.»
Il eut un autre rire, celui-ci grinçant comme de la tôle
tordue. « Je suis l'Alpha, l'Oméga, et tout cela...et
cætera!» Au rez-de-chaussée, le cri de douleur se re-
nouvela. «Et ton nouveau Dieu va certainement te
trouver quelque utilité. Maintenant, rends-moi ce qui
m'appartient dans ce sac...»

J'aurais pu croire ce rictus parvenu à sa limite
d'expansion, mais il s'agrandit à nouveau, les lèvres se

séparant pour révéler de triples rangées d'invraisem-blables dents noires acérées. Quelque chose de vert s'était ramassé entre ces dents qui dégageaient cette odeur d'encre de Chine et de poisson avarié. C'était ridicule, grotesque comme du cinéma de série 'B'. Jérémie hurla à nouveau.

Illusion! Huxley maîtrisait la fibre de son monde assez bien pour provoquer des illusions destinées à me terroriser et me subjuguer. Je décidai qu'en réalité, il n'y avait devant moi que la forme d'un petit homme douillet caché derrière cette vision d'horreur. Ce n'était pas la première fois qu'un esprit malsain utilisait le pouvoir de l'illusion contre moi et je demeurais donc inflexible.

«Vous ne pouvez rien contre moi,» dis-je avec conviction, «car mon Dieu à moi est ici et partout à la fois.» Un mot d'adieu comme un autre.

J'allais m'en aller lorsqu'un bras démesuré se leva haut dans les airs. Les doigts d'une main qui semblait avoir grossi pour devenir presque aussi large qu'une baignoire pointèrent sur moi des griffes longues comme des épées, puis s'abattirent. Par réflexe, je bondis en arrière et les griffes vinrent se planter dans le plancher à mes pieds, l'impact secouant tout l'immeuble. Le malheureux portier hurla à nouveau. La gigantesque main arracha ses ongles du plancher, faisant tordre et geindre les planches et voler des copeaux de bois franc. Elle se releva lentement pour frapper à nouveau.

L'impact, les copeaux de bois, tout ceci semblait très réaliste. Il était vraiment un maître de l'illusion, celui-là!

Il manquait un bout de ma semelle à l'extrémité de ma botte gauche, et le cuir en était légèrement entaillé.

Je n'aimais vraiment pas la tournure que prenait cette illusion...

J'avançais de quelques pas nonchalants vers le monstre avant qu'il ne frappe à nouveau, feignant le sourire le plus tranquille du monde en le regardant droit dans les yeux sans une once de menace. Ce faisant, je me positionnais assez près de lui pour être momentanément à l'abri de cette main monstrueuse. Mais pas de ses mâchoires...

«Bon, écoutez. Vous pouvez maintenant lui rendre les armes en personne, M Huxley. Mon Dieu à moi est venu vous visiter.» Ça devrait marcher. Ça *devait* marcher. J'espérais qu'un siècle de d'hégémonie dans ce monde maudit qu'il avait créé avait un peu amenuisé son pouvoir de raisonnement.

Je levai les yeux au plafond directement au dessus de sa tête, en pointant du doigt.

«Il est ici!» dis-je avec toute la sincérité et la sérénité du monde, forçant un air de béatitude sur mon visage.

«QUOI?» rugit la chose qui s'était appelée Huxley en bondissant debout, la tête renversée pour voir en haut, la malheureuse chaise Chippendale tombant en morceaux derrière sa masse imposante. Le 'Dieu' de *ce* monde venait de marcher droit dans le plus vieux piège de *mon* monde. Jérémie hurla à nouveau.

Le geste de pointer en l'air avait amené ma main à portée du manche de mon couteau dans son fourreau sanglé à l'envers sur ma poitrine. Dans une explosion d'adrénaline, je m'en saisis comme l'éclair pour entailler d'un seul geste les deux lanières de cuir à la poitrine de Huxley. Sans perdre une fraction de seconde, je fis volte-face et me précipitai vers les portes par lesquelles j'avais pénétré dans son antre. J'entendis ses griffes fendre l'air dans mon dos, me ratant de peu. Puis quelque chose de lourd s'effondra au sol.

Parvenu à l'escalier, je risquai un bref regard derrière moi.

Huxley était à genoux, les griffes de ses grands pieds raclant des sillons dans le plancher. Le bras de la partie de son corps comprenant les jambes et celui de la partie comprenant la tête s'agrippaient mutuellement, tentant de les ajuster l'une à l'autre. Puis la chose qui se croyait Dieu tourna ses orbites vides vers moi et hurla de rage, ensevelissant les cris de souffrance de Jérémie.

Je dévalai les marches en spirale aussi lentement que me le permettait mon état de panique. Ce n'était surtout pas le temps de me casser une jambe.

Je m'élançai à toutes vitesses dans le couloir du rez-de-chaussée, traversant le hall de réception, pour m'immobiliser devant l'ascenseur de cuisine; cette cuisine qui était probablement restée en place avec le sous-sol de l'édifice à Greenwich Village. Je n'osais même pas tenter d'évaluer la puissance qui pouvait réussir à déménager un immeuble en entier; je ne voulais que m'en éloigner.

J'ôtai mon sac à dos pour en extraire rapidement le lourd colis que m'avait donné Gaspard. C'était la bombe que j'avais emporté pour pouvoir faire le plus de dommage possible en couvrant ma fuite. Fabriquée par un de ses bons amis, un expert à la retraite de l'escouade anti-bombe de la police, le puissant engin destructeur était équipé d'une batterie fortement isolée et indétectable, ainsi que d'un dispositif de retardement de l'explosion basé sur une ampoule dont l'acide devait ronger une membrane en un temps défini, le liquide libéré produisant ensuite le contact et l'explosion. Restait à voir si ça marcherait et si la batterie donnerait assez de courant dans cet univers avide d'énergie pour que l'explosif fasse son œuvre. Gaspard m'avait assuré qu'il y avait ici assez de Semtex 10 pour raser une douzaine de McDonald's et la clinique de cardiologie qui va avec.

Un pas lourd commençait à descendre l'escalier. Jérémie hurlait mollement de douleur dans son purgatoire personnel. J'ouvris la porte de l'ascenseur de cuisine et y posai la lourde bombe qui en remplit tout l'espace. Je m'emparai du chronomètre mécanique qui pendait d'une chaîne à mon cou sous mes vêtements. Le cœur serré, j'appuyai du pouce sur le déclencheur de la bombe. L'ampoule d'acide se brisa avec un minuscule son cristallin et j'enclenchai simultanément mon chrono. Je refermai la porte sans bruit en rendossant mon sac devenu léger. J'avais dix minutes.

En théorie.

Je risquai un rapide coup d'œil dans le bureau d'accueil dont parvenaient toujours les cris de douleur de Jérémie. Les deux parties de l'assistant de Huxley brûlaient sans se consumer. Je savais que la grotesque expression de douleur atroce que je vis sur le visage difforme du portier immolé me suivrait le reste de mes jours. Sa complainte monotone disait sans verbe qu'il s'attendait maintenant à une perpétuelle souffrance, à brûler à jamais. L'enfer. L'essence même du désespoir sortait de sa bouche.

J'émergeais de la porte avant de l'Aleister/Huxley comme un boulet d'un canon, m'élançant sur le sable sans même briser ma foulée. Les menhirs humain se tortillaient maintenant en vacillant d'un côté et de l'autre, semblant eux aussi en proie à d'affreuses souffrances, mais paraissaient vouloir maîtriser leurs girations spasmodiques à mon approche, comme pour me laisser le chemin libre. Les éclairs avaient disparus et la brume semblait placide.

Un rugissement presque métallique retentit dans l'air plat du désert, faisant reculer au loin les nappes de brume vieux rose, comme affolées. Un coup d'œil derrière moi me confirma que le monstre, plié en deux pour négocier les dimensions de la porte, émergeait de l'hôtel. Son bras droit arrimait maintenant fermement son côté droit à sa partie opposée, libérant son énorme bras gauche pour faire siffler rageusement ses griffes dans ma direction.

Alors que je dépassais en courant le dernier des menhirs tremblotants en courant en direction du portail, je commençais à sérieusement regretter ce régime hebdomadaire de vingt longueurs de piscine publique que je m'étais imposé. J'aurais dû en faire soixante...

Je gagnais en vitesse sur la chose alors que j'arrivais en vue de la dépression en forme d'entonnoir menant au portail, mais réalisais en même temps qu'il manquait quelque chose. Le son de mes génératrices de tonalité n'était plus!

Je dévalai la pente en panique.

Le portail s'était refermé.

Pire, il n'existait même plus, car aucun cercle noir ne signalait sa présence ici. Le portail n'avait été qu'un sens unique. Il ne restait que le mur de béton nu de la structure du tunnel. Je m'agenouillais devant mon gadget défunt. Le fil d'alimentation avait été coupé net par la fermeture du portail. Un grand cri de terreur et de frustration m'échappa. Essoufflé au point d'hyperoxygéner de terreur, je me mis à regarder autour de moi, cherchant désespérément je ne sais quoi, une solution, ou rien qu'un espoir ténu, aussi faible et friable soit-il...

Penser. Je devais penser. Je devais penser à gagner du temps avant tout. Des pas lourds ébranlaient le sol alors que je m'affairais à dénouer le sac en plastique de ma ceinture. Je devais gagner du temps et sortir de ce cul-de-sac avant que cette chose ne m'y coince!

J'arrivais à mi-chemin en remontant la pente lorsque Huxley apparût en haut. Mais ce n'était évidemment plus Huxley; tout vestige de l'homme avait maintenant disparu. Sa magie tarée avait fait de lui un horrible bibendum qui aurait pu avoir été conçu en enfer par l'architecte du Mal Lui-même. Le regarder faisait mal; poser longuement son regard sur cette chose pouvait corrompre irrémédiablement. C'était le petit homme douillet qui avait été illusoire, mais comment aurais-je pu le savoir?

Je lui présentai le sac à ordures que je tenais en main et la chose s'immobilisa. Je fis tourner le sac à bout de bras trois ou quatre fois pour ensuite le lancer de toutes mes forces au loin vers ma gauche. Le sac parcourût un long arc pour disparaître à ma vue et tomber dans le désert. Pris au piège dans cet entonnoir que décrivait la pente menant au tunnel, mon seul espoir était qu'il me libère le chemin en allant récupérer le sac.

Le monstre détourna la tête pour suivre la trajectoire du sac. Puis son regard revint lentement me trouver à nouveau. Ayant deviné le subterfuge, il me sourit pernicieusement, découvrit les longues dents noires de cet affreux sourire qui me rappela en un éclair le souvenir d'un vieux film en noir et blanc intitulé 'Mr. Sardonicus' et reprit sa lourde marche vers moi en poussant des glapissements presque métalliques qui auraient pu être une sorte de rire victorieux.

Aucune autre issue. Je retournais sur des jambes devenues raides au fond de l'entonnoir, pris au piège, désespéré. La montée d'adrénaline était terminée, m'avait laissé faible, épuisé et glacé de terreur. Les talons de mes bottes acculées dans l'éboulis du tunnel ferroviaire, je ne pouvais que regarder le monstre éclipser le ciel de son monde de cauchemar en avançant sur moi.

Je tirais en arrière la culasse de mon petit calibre .22 LR en désactivant le cran de sécurité. Je vidais la moitié du chargeur dans le visage de la chose, et le reste dans son thorax à l'emplacement du cœur, l'odeur de la poudre brûlante agrémentant chaque nouvelle décharge. Un mince jet d'épais liquide noir et nauséabond surgit de son thorax et m'éclaboussa.

Aucune réaction. Le monstre avançait toujours en glapissant.

Vide, la chambre était restée ouverte. J'étais cuit et je réalisai trop tard que j'aurais dû garder la dernière balle pour moi. Il n'était pas question que mon existence finisse par fournir le pouvoir de mon âme à Huxley, pour qu'il l'utilise à faire grandir son affreux petit monde mesquin. Mon monde l'était déjà assez comme ça sans qu'il y en ait un autre. Je tentais pour la première fois de ma vie d'imaginer une autre façon de mettre fin à mes jours... sans succès. De toutes façons, je n'avais aucune garantie qu'il ne parviendrait pas à s'accaparer l'énergie de mon âme, même si ce n'était pas l'arsenal d'armes blanches lui servant de main qui mettait fin à mes jours.

C'est alors qu'un objet apparût au loin en haut de la pente, tourbillonnant sur lui-même à vive allure en s'élançant dans le vide de l'entonnoir comme une pierre dans une avalanche.

J'étais presque à la portée du monstre lorsque l'homme-menhir tourbillonnant éclata en morceaux en le percutant au milieu du dos, avec suffisamment de force pour le faire chanceler. Le monstre, dont l'énorme main griffue allait m'agripper, émit un affreux sifflement de surprise qui m'obligea à me couvrir les oreilles, semblable au crissement de métal contre métal lorsqu'une locomotive s'engage trop vite dans une courbe prononcée. Il fit lourdement volte-face, une de ses griffes passant à quelques centimètres de m'étriper en tournant. Un deuxième menhir le frappa immédiatement au visage, mais le colosse ne broncha pas. Cependant, le troisième homme-menhir tourbillonnant percuta son unique bras retenant ensembles les deux axes de son corps.

Le côté droit du monstre s'écrasa à nouveau au sol, comme il l'avait fait à l'hôtel.

Rassemblant toutes mes maigres forces, je me mis à courir sur des jambes de plomb pour remonter la pente en trébuchant et en ahanant, m'aidant de mes mains, presque à quatre pattes. Je contournai le monstre et entrepris le chemin en sens inverse vers le Aleister/Huxley d'un pas engourdi. Je vis devant moi l'un des menhirs parvenir à s'arracher au sol et tomber de côté. Puis il se mit à se tordre de façon à ensuite se mettre à rouler dans ma direction, de plus en plus vite.

Lorsqu'il passa près de moi, il tournait déjà à vive allure en direction du Fondateur.

Il me semblait voir l'hôtel au bout d'un tunnel alors que je me forçais de continuer à courir, chaque pas me demandant un effort considérable ; hyper oxygéné, ralenti par l'horreur, mais propulsé sur mes jambes exténuées par un maigre espoir.

Puis le monstre rugit et le sol du désert se fissura soudainement. Une immense faille s'ouvrit à quelques mètres devant moi. Un abysse noir et infranchissable me séparait maintenant du Aleister/Huxley. À gauche comme à droite, il s'étendait à perte de vue. Huxley me rattrapait, ses lourds pas cadencés le compte à rebours de ma perdition.

Une voix puissante qui venait de partout à la fois fit vibrer le sable, le ciel, les deux soleils, mes organes internes. Elle hurla:

«Le salaire de tes péchés sera l'enfer!»

Je regardais stupidement mon arme vide dans ma main. Puis la lançai devant moi dans le canyon infranchissable.

Au lieu de tomber, mon petit pistolet rebondit et s'immobilisa, suspendu en plein air au-dessus de la fissure.

L'abysse. L'abysse était une illusion!

Me gardant bien de regarder en bas, je franchis ce phantasme en courant et attrapai mon arme vide au passage.

Arrivé à la porte du Aleister/Huxley, étourdi et à bout de souffle, je m'appuyai à la chambranle un moment pour regarder derrière moi. L'abysse avait disparu. Huxley était congru à nouveau. Il s'éloignait de la pente et balaya d'un coup de ces griffes monstrueuses un autre homme-menhir alors qu'il allait le frapper. L'homme-menhir explosa dans les airs comme un pigeon d'argile au dessus d'un terrain de tir. Je m'engouffrai dans l'hôtel.

Les cris pitoyables du portier retentissaient toujours alors que j'ouvrais la porte menant à la cave. L'obscurité y était totale.

Tentant de suivre un certain raisonnement logique qui risquait cependant de mener à ma perte dans ce monde qui défiait toute logique, j'espérais que le portail, le point noir, se retrouverait ici aussi dans la cave de cette version du Aleister. Mais comment trouver un point noir dans le noir? Mon briquet étaient demeuré avec mes affaires dans le taxi de Gaspard et il aurait été inutile d'emporter une lampe de poche. Je retournai sur mes pas, inspectai le salon en tout sens pour tenter de trouver une solution, puis celle-ci vint d'elle-même lorsque Jérémie hurla à nouveau.

Je dégainai à nouveau mon couteau et revint vers le bureau à l'avant de l'hôtel, anticipant de me faire volatiliser à tout moment par ma propre bombe cachée qui œuvrait d'elle même pour exploser dans l'ascenseur de cuisine. Huxley approchait de l'hôtel à grands pas et rugit en m'apercevant; sa forme occupait maintenant le centre du cadre de la porte d'entrée comme le sujet d'un tableau d'horreur, comme une grotesquerie de Bosch ayant pris vie. Le sac à ordures que j'avais lancé dans le désert, son trophée, pendait à l'une de ses griffes.

Je m'accroupis pour entrer dans le bureau et me dirigeai rapidement vers Jérémie. Je ne ressentis absolument rien alors que je lui amputai une main et l'empalai ensuite au bout de la lame de mon couteau. J'en étais rendu à un point bien au-delà la répulsion ou de l'empathie.

Le colosse, rampant presque pour pouvoir passer la porte du Aleister/Huxley, miaulait et faisait claquer ses grandes mâchoires en prenant pied dans le couloir d'entrée de l'hôtel alors que je m'engageais dans les marches menant au sous-sol en fermant la porte derrière moi. Tenant mon couteau au bout duquel était empalée la main flambante de Jérémie – symbole de la Santeria devenu réalité - au-dessus de ma tête pour illuminer faiblement mon chemin ; je sautai le dernier mètre manquant au bas de l'escalier branlant et me dirigeai vers l'endroit où avait été situé le portail dans l'édifice que j'avais connu dans mon monde.

Le cercle noir était bien là mais le portail était fermé. Je plantai le couteau et la main dans une poutre au-dessus de ma tête. La main amputée flambait bleu.

J'ôtai et ouvris pour la dernière fois mon sac à dos alors que le plancher s'ébranlait au-dessus de ma tête comme si deux enclumes avançaient à pas de géant, lentement et inexorablement vers l'escalier menant au sous-sol.

Protégés par leur étui, le violon et l'archet étaient apparemment intacts. Trois taches blanches de fluide correcteur blanc appliquées sur les cordes, à peine visibles à la faible lueur bleutée de la main de Jérémie, m'indiquaient précisément où placer mes doigts incultes pour produire ces sacrées notes sensées ouvrir le portail comme Dee l'aurait fait. Un léger choc, un changement de température peut désaccorder un instrument à cordes. J'espérais que cet instrument capricieux ne s'était pas offusqué de toutes mes péripéties.

Un fracas derrière moi me fit sursauter, croyant un moment que la bombe venait finalement d'exploser, mais c'était la porte du sous-sol qui venait de voler en miettes. Le monstre venait.

Je plaçai mes doigts sur les points blancs et attaquai d'un archet tremblant et incertain la première note alors qu'un pas dans l'escalier en fit geindre la structure. La deuxième note s'accompagna d'un autre pas, puis l'escalier céda et le monstre s'écrasa au sol derrière moi, faisant trembler la terre battue et hululant de rage, alors que le violon produisait la troisième note. Pendant une fraction de seconde, j'eus l'idée folle de me retourner et faire 'Chut!' au monstre.

La terre vibrait sous ses énormes pieds griffus alors que j'attaquais l'accord. Le portail apparût, vacilla, disparût, réapparût à nouveau l'espace d'une seconde. Une forte odeur d'encre de chine et de poisson en décomposition m'envahissait à la proximité du colosse taré qui approchait dans mon dos, mêlée à celle de ma propre sueur. Puis le portail s'ouvrit à nouveau, comme hésitant. Aucune lueur au bout du tunnel. Mes jambes me semblaient figées sur place.

Puis je m'y élançais en titubant, m'efforçant de toujours maintenir l'accord de violon, priant que le portail ne vacille pas encore tandis que je m'y trouvais. Priant qu'à l'autre extrémité je ne me retrouves pas sous vingt mètre de terre ou dans un autre monde taré.

Priant...

Une des cordes du violon se brisa avec un bruit sec qui produisit un ton sympathique résonnant dans tout l'instrument. Derrière moi, le portail que je venais de franchir se referma définitivement. Je ramassai vite au passage la bière que j'avais laissée là en entrant et en absorbai une rapide gorgée en courant vers l'échelle. Promesse tenue.

Un bref moment d'éblouissement en arrivant à l'air libre et je vis les hommes rassemblés à plusieurs centaines de mètre derrière une muraille de sacs de sable. En m'apercevant, ils se mirent à crier et à siffler et à me faire signe de me dépêcher de venir.

Voyez-vous, tout allait exploser de ce côté-ci aussi... c'était le plan.

Le vélo de montagne était là où j'avais demandé qu'il soit laissé. Je l'enfourchai et me mis à pédaler comme un fou vers les sacs de sable en bondissant sur le terrain inégal et la pierre concassée.

J'arrivai dans l'enceinte bondée de gens, abandonnant le vélo pour aller me poster aux côtés du boutefeu, récipiendaire de hourras et de quelques claques dans le dos chemin faisant.

Le boutefeu me regardait, aux aguets, puis il sembla humer une mauvaise odeur et porta une main devant son nez. Je tirai sur la chaîne à mon cou qui tenait le chronomètre pour l'extirper de ma salopette, réalisant que je tenais encore aussi le violon malgré ma course en vélo. Je posai respectueusement de ma main tremblante l'instrument sur le dessus du couvert de la console, devant le boutefeu.

«S'il vous plaît, ne me regardez pas, monsieur. Regardez plutôt là.» lui dis-je en haletant, pointant dans la direction du désert où je savais maintenant que se trouvait l'Aleister dans l'autre monde, à quelques centaines de mètres au sud. J'attendais fébrilement en tenant le chrono près de mon champ de vision, de façon à pouvoir le consulter sans qu'il n'obstrue ma vue, en jetant de rapides coups d'œil du côté des décombres du Aleister. Et si la chose pouvait créer son propre tunnel? Plus que quinze secondes...

J'avais été averti qu'un dispositif de délai chimique pouvait être plutôt inexact. J'espérais donc que l'explosion du second Aleister se manifesterait ici aussi d'une façon ou d'une autre, autant pour fournir une preuve à mon employeur que pour en avoir moi-même le cœur net. J'espérais surtout que ça explose au plus vite, avant que la chose ne puisse traverser ici.

À peine quelques secondes et une étrange lueur rose apparût en parfait silence dans la plaine dévastée par les bulldozers, comme à l'intérieur d'une énorme bulle de savon, avec une faible image fantomatique du Aleister/Huxley en son centre. Quelques exclamations de surprise fusèrent derrière moi.

«Maintenant!» hurlais-je. Le boutefeu fit son œuvre et le paysage en entier sembla s'élancer dans les cieux sous l'impulsion d'une grande quantité de dynamite. La terre trembla si fortement que tous ceux qui ne s'étaient pas jetés ventre à terre furent renversés, moi inclus. Nous nous relevions quelques instants plus tard en toussant dans le gris crépuscule artificiel causé par l'explosion.

Suivant ses instructions, une brave ouvrière s'en fit prendre place au volant d'une camionnette. Son véhicule passa lentement devant notre bunker improvisé et disparût dans la poussière en se dirigeant tous phares allumés vers le trou béant qu'était devenu notre version du Aleister, tandis que des petits débris commençaient à pleuvoir sur nous. Quelques moments de tension passèrent avant qu'elle ne revienne, en nous donnant un pouce en l'air par la fenêtre du véhicule. J'élançais le poing vers les cieux en lâchant un grand cri de triomphe, imité immédiatement par la petite foule d'ouvriers derrière moi.

Le moteur n'avait pas lâché. C'était fini!

À mes côtés je découvris soudain un homme trapus impeccablement vêtu, âgé dans la soixantaine, que je devinais être le 'Grand Patron' qu'avait mentionné Brunetta.

Malheureusement, il avait tout vu. L'hôtel fantôme, tout.

Il se retourna lentement vers moi avec la bouche grande ouverte, me regardant avec des yeux si écarquillés qu'il me semblait qu'une simple petite tape derrière la tête aurait pu les faire tomber hors de leurs orbites. Je n'en fis rien. Mais la tentation était là!

Gaspard me tendit une cannette de bière. Je le remerciai, en avalai une gorgée puis une autre pour faire passer l'âcre poussière des deux mondes.

«Ma, quééééé...?» râla le grand patron faiblement. Un petit fragment de pierre rebondit sur l'épaule de son veston Armani et une petite motte de terre alla se nicher dans sa grise chevelure parcimonieuse. Il sembla à son tour capter l'odeur que je dégageais alors que ses yeux voyageaient de l'endroit où était apparu l'Aleister/Huxley puis revenaient sur moi.

Transférant la cannette à ma main gauche, je libérai ma main droite pour la lui présenter avec mon sourire le plus resplendissant, conscient de l'odeur nauséabonde qui émanait de mes vêtements maculés du sang de Huxley.

«Bonjour, M Barrasco, n'est-ce pas? Enchanté. Mon nom est Balthazar Landry, je suis investigateur de phénomènes paranormaux et je peux tout vous expliquer...»

M Barrasco s'évanouit. Gaspard, d'une main rapide et puissante, l'attrapa par le collet avant qu'il ne touche à terre, le hissa en l'air et le présenta à Brunetta comme s'il tenait un porte manteau à bout de bras.

«C'est à vous, ça?» grogna-t-il.

Au loin, leurs longs manteaux fouettés par le vent sur le toit d'un haut immeuble, trois hommes aussi impeccablement vêtus que Barrasco et équipés de puis-

santes jumelles espionnaient l'étrange moment de
gloire de Balthazar Landry.

Le Père Patrakis, Claude le théologien, et moi-
même avions convenu qu'un enterrement privé et anonyme en terre consacrée serait la meilleure façon de
disposer des restes des malheureux inconnus, même si
Patrakis devait tordre un peu les règles de son office
pour ce faire, comme il le faisait à l'occasion pour venir
prendre une bière ou dix avec nous. Patrakis était un
pragmatique.

Il venait de terminer la cérémonie devant la petite
tombe anonyme ; rien qu'un peu de terre retournée
dans un coin isolé du cimetière chrétien orthodoxe,
assez près de la base d'un gros arbre pour s'assurer que
les restes ne seraient jamais dérangés. Rien qu'un peu
de terre retournée que je couvris ensuite du petit rouleau de gazon que j'avais soigneusement découpé et
préservé. J'abandonnai ma pelle et revint vers mes
deux amis en m'essuyant les mains.

Gaspard avait préféré rester sur le chemin près de
son taxi. Il déteste les enterrements.

«Vous savez les gars, c'est bien la première fois que
j'officie pour des gens qui sont déjà allés et revenus du
purgatoire.» fit Patrakis d'un air perplexe.

«Et moi, la première fois que je vais y chercher des âmes.» renchéris-je, en pensant à ce pauvre Jérémie perdu là-bas, peut-être un innocent, mais aussi aux petits morceaux que j'avais cependant réussi à ramener.

«Et puis moi, c'est la première confirmation que j'ai de son existence. Le purgatoire peut donc être fabriqué, généré par la soif de pouvoir de l'homme. Ergo, peut-être que l'enfer aussi...» termina Claude, perdu en conjectures théosophiques.

«Qu'as-tu pu apprendre de l'Aube Dorée?» lui demandais-je. Mon opinion est qu'il existe plusieurs formes de purgatoire et d'enfer par-delà celles que peut se créer l'homme sur notre plan d'existence. Mais j'avais décidé de laisser à mon ami Claude le temps de décanter tout ceci avant d'entreprendre une vraie discussion avec lui sur ce point. De toutes façons, aucun d'entre nous n'avait emporté de bière.

«L'Aube Dorée? Rien. Je n'ai même pas pu confirmer son existence et encore moins si c'est un genre de chapitre survivant de la '*Hermetic Order of the Golden Dawn*', comme tu l'a suggéré. Si ça existe, c'est enterré très creux. Désolé.»

Il sembla lui venir une idée. « Et les grimoires? » enchaîna-il.

«Je les ai laissés là-bas avec mon sac à dos, c'est-à-dire qu'ils sont maintenant dans une version actuelle du néant... j'espère.» lui répondis-je.

«Dommage.» soupira le théologien. «Il faut me comprendre. De tels documents! Quels fantastiques objets de recherche...» Il baissa lentement la tête.

Je posai ma main sur son épaule.

«Claude, la prochaine fois, je te cèderai volontiers l'honneur d'aller toi-même chercher des âmes au purgatoire, ça va?»
En entendant ceci, le père Patrakis s'éloigna rapidement de nous en direction du taxi.

«Ne me regardez surtout pas! Moi, je n'ai fait que les exorciser ou les enterrer!» lança-t-il à la ronde par dessus son épaule. Claude le suivit de son pas bondissant habituel en riant, sa nature joviale ayant repris le dessus.

Je laissai mes amis s'éloigner un instant pour poser une dernière fois mon regard sur la petite tombe anonyme. Ma salopette d'entraînement tactique, enterrée ici avec tous les 'petits morceaux' qu'elle contenait encore dans ses multiples poches, allait me manquer un peu.

Coincé au fond du tunnel, avant que la chose arrive, j'avais échangé les cannettes de bière que contenaient les poches de ma salopette contre les 'petits morceaux' que contenait le sac à déchets, et que j'avais ensuite lancé au loin dans le désert. J'espère au moins que la chose-Huxley qui a ramassé le sac à ordures dans son monde aura eu le temps de boire à ma santé quelques gorgées de l'une des cannettes de bière qu'il contenait.

Je déteste le gaspillage, voyez-vous...

Vincent Raymond Dumoulin

Natif de la bucolique et à l'époque ouvrière rue Ducharme à 'Outremont-les-Tracks', Vincent Raymond Dumoulin a pratiqué presque tous les métiers imaginables. Du haut d'une tour de contrôle jusqu'au fond d'une fouille archéologique, il a commencé à rouler sa bosse et à gagner tant bien que mal sa croûte et à payer le loyer dès l'age de quatorze ans. Il a joué au fonctionnaire, au chanteur de groupe rock, au soudeur, au livreur, à l'imprimeur, au vagabond de grands chemins, au gardien de sécurité, au sans-abri, au webmestre, au soldat, et cetera...

Sa seule motivation pour changer si souvent de direction? L'ennui mortel qui vient avec la routine et la curiosité vorace qui est de loin son trait dominant. Il est aussi un Wikipédiste enragé qui ne peut plus tolérer la télé depuis une vingtaine d'années. Son profil de personnalité Myers-Briggs est INTP, le plus rare de tous, et lui fournit encore une autre excuse pour se permettre d'être bizarre à souhait.

www.ingramcontent.com/pod-product-compliance
Lightning Source LLC
Chambersburg PA
CBHW031325170626
46807CB00002B/579